विविधा

विविधा

डॉ. लक्ष्मीमल्ल सिंघवी

ज्ञान गंगा, दिल्ली

प्रकाशक : ज्ञान गंगा, २०५-बी चावड़ी बाजार, दिल्ली-११०००६
सर्वाधिकार : सुरक्षित / संस्करण : २०१७ / मूल्य : दो सौ पचास रुपए
मुद्रक : नरुला प्रिंटर्स, दिल्ली
ISBN 978-93-80183-02-2

VIVIDHA *by* Dr. L.M. Singhvi
₹ 250.00
Published by Gyan Ganga, 205-C Chawri Bazar, Delhi-110006

भूमिका

डॉ. लक्ष्मीमल्ल सिंघवी अपने समय के सुचिंतित विचारक तथा विभिन्न विषयों के प्रसिद्ध विद्वान् थे। उनके चिंतन का आधार उनका राष्ट्रप्रेम तथा भारतीय धरोहर के प्रति उनकी अनन्य निष्ठा थी। इसी आधारपीठिका पर वह अपने चिंतन का साम्राज्य फैलाते थे, चाहे वह भारतवंशियों के सांस्कृतिक जुड़ाव की बात हो या प्रकृति संबंधित जैन घोषणा-पत्र हो या वेद संहिताएँ हों या वेदांत या फिर सगुण या निर्गुण साधना हो। डॉ. सिंघवी मानते थे कि भाषा, साहित्य और संस्कृति मनुष्य की सामाजिक अस्मिता के अंग और अवयव हैं। इनकी सुरक्षा और संवर्धन की बात राष्ट्रीय एकता को संपुष्ट करने के लिए जरूरी है।

'विविधा' में संकलित उनके २१ निबंधों में भारत की निरंतरता को समझने की कोशिश है और अतीत के उत्तराधिकार को सँजोकर आगे बढ़ने का आह्वान है। इन सब निबंधों में भारत झलकता दिखाई पड़ता है। डॉ. सिंघवी के लिए भारत स्वयं मनुष्यजाति की एक बहुत बड़ी कविता है। उसकी सांस्कृतिक आराधना में भारत के वाक् और अर्थ को डॉ. साहब ने हमेशा संपृक्त पाया है। इन निबंधों का बार-बार पारायण भारत और उसकी संस्कृति तथा उसके विचार को समझने के लिए बहुत जरूरी है।

—इंद्र नाथ चौधुरी

अनुक्रम

राजभाषा हिंदी के प्रति बेरुखी संविधान के संकल्पों की अवहेलना का परिणाम

१४ सितंबर, १९४९ हमारे देश के इतिहास में सदैव गौरव का दिन रहेगा। इस दिन भारतीय संविधान सभा ने सर्व सम्मति से संविधान के भाषा–प्रावधानों को अंगीकार किया और हिंदी को भारतीय संघ की राजभाषा के समादृत पद पर अभिषिक्त किया। वह दिन हमारे राष्ट्रीय मतैक्य का प्रेरक प्रतीक है। मुंशी–अयंगार फॉर्मूले के पारित हो जाने पर संविधान–परिषद् के अध्यक्ष देशरत्न डॉ. राजेंद्र प्रसाद ने सदन को बधाई देते हुए जो स्वर्णिम शब्द कहे थे, वे आज भी उस सद्य:स्नात अरुणिम उदीयमान स्वातंत्र्य का उद्घोष प्रतिध्वनित करते हैं और हमें अपने संवैधानिक दायित्वों की याद दिलाते हैं। डॉ. राजेंद्र प्रसाद ने तब मर्मस्पर्शी शब्दों में कहा था—

"हमारे संपूर्ण देश के निर्माण में भाषा–विषयक अध्याय का सुदूरवर्ती प्रभाव होनेवाला है।…आज पहली बार हम अपने संविधान में एक भाषा को स्वीकार कर रहे हैं कि जो भारत संघ के प्रशासन की भाषा होगी और जिसे समय के अनुसार अपने आपको ढालना और विकसित करना

होगा।"'हमने अभी देश का राजनीतिक एकीकरण संपन्न किया है। राजभाषा हिंदी देश की राजनीतिक एकता को कश्मीर से कन्याकुमारी तक अधिक सुदृढ़ बना सकेगी। मैं आशा करता हूँ कि सभी सदस्य इस निर्णय पर संतोष की भावना के साथ अपने घर लौटेंगे।"'एक राजभाषा मान्य कर लेने की घटना हमारे राष्ट्रीय जीवन को दिशा देनेवाली और हमारी मन:स्थिति की दृष्टि से एक निर्णायक घटना है। हिंदी हमारी केंद्रीय भाषा हमें ज्यादा-से-ज्यादा निकट लाएगी। आखिर एकमात्र अंग्रेजी के प्रयोग से भी हम एक-दूसरे के नजदीक आए हैं। अंग्रेजी की जगह भारतीय भाषा को स्थापित करने से हम निश्चय ही और भी एक-दूसरे के नजदीक आएँगे। यदि हम यह फॉर्मूला अंगीकार नहीं करते, तो परिणाम यह होता कि या तो हर जगह कई भाषाओं का प्रयोग प्रचलित हो जाता या कुछ प्रांत बिलकुल अलग हो जाते। हमने आज सबसे ज्यादा बुद्धिमानी का काम किया है और जो निर्णय हमने लिया है, उससे मुझे बहुत प्रसन्नता है। मैं समझता हूँ कि आनेवाली पीढ़ियाँ हमें इस निर्णय के लिए साधुवाद देंगी और कृतज्ञ होंगी।''

संविधान के संकल्प और हमारा राष्ट्रीय दायित्व

हमारा संविधान हमारे गणतंत्र का मूल आधार है और संविधान की रक्षा तथा क्रियान्विति के लिए हम सब कृतशपथ हैं। हमारे राष्ट्रीय जीवन में हिंदी के लिए जो स्थान १४ सितंबर, १९४९ के दिन संविधान ने निर्धारित किया है, उसे सार्थकता देने का दायित्व इस पीढ़ी का है और यह दायित्व न भुलाया जा सकता है, न मिटाया जा सकता है। इसलिए कि लोकतांत्रिक राज्यों में राष्ट्रीय संविधान को पवित्र और आधारभूत मानने की परंपरा है। संविधान को उपेक्षा या विस्मृति के हाथ सौंपना लोकतंत्रात्मक प्रणाली के प्रति अनास्था और असम्मान के परिचायक होंगे।

हिंदी की स्थिति के बारे में हमारा संविधान क्या आदेश देता है ? क्या वे आदेश क्रियान्वित हुए हैं या कि हमने अपने संविधान की परिकल्पना को

अवरुद्ध कर रखा है ? क्या भारतीय सरकार की भाषा-नीति भारतीय संविधान से विमनस् या प्रतिकूल रही है ?

संविधान के सत्रहवें भाग के पहले अध्याय में अनुच्छेद ३४३ राजभाषा के संबंध में संविधान का मूल प्रावधान है। अनुच्छेद ३४३ इस प्रकार है—

संघ की राजभाषा : ३४३ (१) संघ की राजभाषा हिंदी और लिपि देवनागरी होगी।

संघ के राजकीय प्रयोजनों के लिए प्रयोग होनेवाले अंकों का रूप भारतीय अंकों का अंतरराष्ट्रीय रूप होगा।

(२) खंड (१) में किसी बात के होते हुए भी इस संविधान के प्रारंभ से पंद्रह वर्ष की कालावधि के लिए संघ के उन सब राजकीय प्रयोजनों के लिए अंग्रेजी भाषा प्रयोग की जाती रहेगी, जिनके लिए ऐसे प्रारंभ के ठीक पहले वह प्रयोग की जाती थी :

परंतु राष्ट्रपति उक्त कालावधि में, आदेश द्वारा, संघ के राजकीय प्रयोजनों में से किसी के लिए अंग्रेजी भाषा के साथ-साथ हिंदी भाषा का तथा भारतीय अंकों के अंतरराष्ट्रीय रूप के साथ-साथ देवनागरी रूप का प्रयोग प्राधिकृत कर सकेगा।

(३) इस अनुच्छेद में किसी बात के होते हुए भी संसद् उक्त पंद्रह साल की कालावधि के पश्चात् विधि द्वारा (क) अंग्रेजी भाषा का, अथवा (ख) अंकों के देवनागरी रूप का, ऐसे प्रयोजनों के लिए प्रयोग उपबंधित कर सकेगी, जैसे कि ऐसे विधि में उल्लिखित हों।

अनुच्छेद ३४४ राष्ट्रपतिजी को आदेश देता है कि वे संविधान के प्रथम पाँच वर्ष के बाद और प्रथम दस वर्ष के बाद राजभाषा आयोग नियुक्त करें कि जो एक सभापति और अष्टम अनुसूची में उल्लिखित भिन्न भाषाओं का प्रतिनिधित्व करने वाले सदस्यों को मिलाकर बनाया जाए। इन आयोगों का मुख्य संवैधानिक प्रयोजन यह था कि वे राष्ट्रपति को संघ के राजकीय प्रयोजनों के लिए हिंदी भाषा के उत्तरोत्तर अधिक प्रयोग के बारे में और संघ

के राजकीय प्रयोजनों में से सब या किसी के लिए अंग्रेजी भाषा के प्रयोग को कम करने या उस पर रोक लगाने के लिए सिफारिश करें। इन आयोगों की सिफारिशों पर विचार करने के लिए तथा उन पर अपनी राय का प्रतिवेदन राष्ट्रपति के समक्ष प्रस्तुत करने के लिए संविधान में तीस सदस्यों की एक संसदीय समिति की व्यवस्था भी है। संसदीय प्रतिवेदन के आधार पर राष्ट्रपति को अधिकार दिया गया है कि हिंदी के प्रयोग और अंग्रेजी की रोक पर आवश्यक निर्देश निकाले जाएँ।

संविधान के सत्रहवें भाग के दूसरे अध्याय में प्रादेशिक भाषाओं के विषय में प्रावधान हैं। अनुच्छेद ३४५ में प्रावधान है कि राज्य का विधान मंडल विधि द्वारा एक या अधिक प्रादेशिक भाषाओं को या हिंदी को अंगीकार कर सकेगा। अनुच्छेद ३४६ का आदेश है कि एक राज्य और दूसरे राज्य के बीच में तथा किसी राज्य और संघ के बीच में संचार के लिए संघ की राजभाषा का प्रयोग होगा। अनुच्छेद ३४७ के अनुसार यदि किसी राज्य के जनसमुदाय का पर्याप्त अनुपात चाहता है कि उसके द्वारा बोली जानेवाली कोई भाषा राज्य द्वारा अभिज्ञात की जाए, तो राष्ट्रपति उस भाषा को राजकीय अभिज्ञा देने के अधिकारी हैं।

सत्रहवें भाग के तीसरे अध्याय में सर्वोच्च न्यायालय और उच्च न्यायालयों आदि की भाषा का प्रावधान है। अनुच्छेद ३४९ के अनुसार **जब तक संसद्-विधि द्वारा अन्यथा उपबंध न करे,** तब तक विधेयकों, अधिनियमों, अध्यादेशों, आदेशों, नियमों इत्यादि के प्राधिकृत पाठ अंग्रेजी भाषा में होंगे। अनुच्छेद ३४९ में कहा गया है कि संविधान के प्रारंभ से पंद्रह वर्षों की कालावधि तक अंग्रेजी के स्थान पर कोई अन्य भाषा प्राधिकृत पाठ के लिए काम में नहीं ली जा सकती और तदनंतर तद्विषयक परिवर्तन की मंजूरी राष्ट्रपति भाषा-आयोग की सिफारिश और संसदीय-भाषा-समिति के प्रतिवेदन पर विचार करने के पश्चात् ही दे सकता है।

संविधान के सत्रहवें भाग के चौथे अध्याय में कुछ विशेष निर्देश

समाविष्ट किए गए हैं। अनुच्छेद ३५० में विशेष निर्देश है कि किसी शिकायत के निवारण के लिए कोई व्यक्ति संघ में या संबंधित राज्य में प्रयोग होनेवाली किसी भाषा में अभिवेदन दे सकेगा। अनुच्छेद ३५० (क) में प्रत्येक राज्य में भाषाजात अल्पसंख्यक वर्गों के बालकों को शिक्षा के प्राथमिक प्रक्रम में उनकी अपनी मातृभाषा में शिक्षा देने के लिए पर्याप्त सुविधाएँ उपबंधित की जाएँ, ऐसा निर्देश है; अनुच्छेद ३५० (ख) में भाषाजात अल्पसंख्यकों के अधिकारों की सुरक्षा के लिए राष्ट्रपति द्वारा एक विशेष पदाधिकारी की नियुक्ति का प्रावधान है।

संविधान के सत्रहवें भाग का अंतिम अनुच्छेद, अनुच्छेद ३५१, हिंदी भाषा के विकास की सजीव, आशामयी कल्पना प्रस्तुत करता है, जो संविधान की भाषा विषयक नीति और दर्शन का निचोड़ एवं अंतर्भूत अंग है। अनुच्छेद ३५१ में निर्देश है कि "हिंदी भाषा की प्रसार वृद्धि करना, उसका विकास करना, ताकि वह भारत की समन्वित संस्कृति के सब तत्त्वों की अभिव्यक्ति का माध्यम हो सके तथा उसकी स्वाभाविकता में हस्तक्षेप किए बिना हिंदुस्तानी और अष्टम अनुसूची में उल्लिखित अन्य भारतीय भाषाओं के रूप, शैली और शब्दावली को आत्मसात् करते हुए तथा जहाँ तक आवश्यक या वांछनीय हो, वहाँ उसके शब्द-भंडार के लिए मुख्यतः संस्कृत से तथा गौणतः अन्य भाषाओं से शब्द ग्रहण करते हुए उसकी समृद्धि सुनिश्चित करना संघ का कर्तव्य होगा।"

संविधान से इन मूल उद्धरणों का विवेचन और विश्लेषण करने से जो मूल निष्कर्ष निकलते हैं, वे देश के लिए विचारणीय हैं।

खेर भाषा आयोग की सिफारिशों का क्या हुआ?

संविधान की प्रस्थापना यह है कि संघ की राजभाषा हिंदी और लिपि देवनागरी होगी; संविधान के प्रारंभ से केवल पंद्रह वर्ष की कालावधि के लिए राजकीय प्रयोजनों के निमित्त अंग्रेजी के प्रयोग की स्वीकृति संविधान देता है। संविधान के प्रारंभ से पंद्रह वर्ष की कालावधि के बाद अंग्रेजी का

प्रयोग प्रयोजन विशेष के लिए ही संसदीय विधि द्वारा लागू किया जा सकता है। तथापि आज संविधान के पंद्रह वर्ष बाद अंग्रेजी का प्रयोग प्रयोजन विशेष तक परिसीमित नहीं है; अंग्रेजी आज पूरी तरह राजभाषा हिंदी की जगह स्थानापन्न है। कानून के अनुसार अंग्रेजी हिंदी की सखी भाषा है, वास्तविकता यह है कि हिंदी सहचरी नहीं, बल्कि तिरस्कृत अनुचरी सी है। संविधान के पाँच वर्ष बाद बाला साहेब खेर की अध्यक्षता में संवैधानिक भाषा आयोग बना था, किंतु संविधान के आदेशानुसार १९६० में पुन: उस प्रकार के आयोग की नियुक्ति होनी चाहिए थी, जो नहीं हुई। खेर आयोग की जाँच देश और सरकार के लिए चेतावनी और चुनौती समझी जानी चाहिए थी, उसे केवल संवैधानिक औपचारिकता समझा गया। खेर आयोग को संवैधानिक अधिकार था कि वह सबके राजकीय प्रयोजनों के लिए हिंदी भाषा के उत्तरोत्तर अधिक प्रयोग के लिए और अंग्रेजी के प्रयोग में रोक तथा कमी करने के लिए सिफारिशें करता एवं उस पर संसदीय समिति की राय के आधार पर सरकार अमल करती। खेर आयोग ने जो कुछ ठोस सुझाव सामने रखे, उनके प्रति सरकार और हिंदी जगत् बराबर उदासीन रहे और हिंदी के विकास में एक गतिरोध आ गया। हिंदी की नियति हमारे राष्ट्र की सार्वदेशिक भाषा की नियति थी, किंतु इस गतिरोध की धूमिल छाया में हिंदी का भविष्य एक प्रादेशिक भाषा के रूप में परिसीमित किया जाने लगा। खेर आयोग की सिफारिशों के आधार पर अपनी राय और कार्यक्रम बनाकर संसदीय समिति को प्रस्तुत करना था, किंतु उन्होंने स्व. गोविंद बल्लभ पंत की अध्यक्षता में कार्यक्रम स्थिर करने का काम सरकार पर छोड़कर संतोष कर लिया। इस संसदीय समिति की राय के आधार पर राष्ट्रपति को हिंदी के विकास के लिए जो निर्देशावलि निकालनी थी, वह भी खटाई में पड़ गई।

□

भारतवंशियों के सांस्कृतिक जुड़ाव का अनूठा सूत्रपात

प्रवासी भारतीय दिवस की पृष्ठभूमि का इतिहास मुझे स्मृतिवीथियों में ले जाता है। अपने छात्र जीवन में मैंने एशिया और यूरोप में भारतीय सभ्यता के प्रभाव का अध्ययन किया था और एक तरह से तब सहस्त्रों वर्षों पूर्व भारतीय सभ्यता की यात्राओं के मानचित्र को देखा और समझा था। शायद तभी उस पुरातन युग के प्रवासी भारतवंशियों द्वारा उनके बहुआयामी गरिमामय अवदान की यशगाथाएँ मेरी चेतना में प्रविष्ट हो गई थीं।

एक दूसरी स्मृति है, कैलिफोर्निया में जब मैं शोध एवं अध्यापन का कार्य कर रहा था, तब एक व्यक्ति मुझे मिला, जिसने मुझे बताया कि वह एक प्रवासी भारतीय का वंशज है और अपनी जड़ों को खोजना तथा पाना चाहता है। उनके पूर्वज शायद उन्नीसवीं शताब्दी के अंत में कैलिफोर्निया आए थे। वे अकेले थे, क्योंकि उस समय भारतीय महिलाएँ साथ नहीं गई थीं। वे एक मैक्सिकन महिला के साथ रहने लगे, इस प्रकार इस भारतवंशी युवक की पहचान कैलिफोर्निया में प्रवासी मैक्सिको के लोगों में घुल-मिल गई और लगभग खो गई। वह युवक अपनी भारतीय जड़ों को खोजने के

लिए आतुर था।

यह बात लगभग ४८ वर्ष पहले की है। उन दिनों भारत के कुछ थोड़े से लोग ही संयुक्त राज्य अमेरिका में थे और उनमें से अधिकांश लोग उच्च शिक्षा के लिए वहाँ गए हुए थे, किंतु तब मैंने देखा कि अमेरिकी समाज कई अलग-अलग देशों के लोगों का एक मिला-जुला संस्करण था। पहले एक सिद्धांत की चर्चा होती थी, जिसके अनुसार जो भी अमेरिका में आकर बस जाता, वह अपनी पुरानी सांस्कृतिक और भाषाई पहचान खोकर शीघ्र ही अमेरिकी हो जाता था। वास्तव में यह एक कपोल-कल्पित अवधारणा थी। मैंने तब स्वयं देखा कि अमेरिका में संस्कृतियों का वैविध्य उस देश के जीवन का एक बहुरंगी परिचय प्रस्तुत करता था और बहुसंस्कृतिवाद के स्वरूप को रेखांकित करता था।

एक और स्मृतिवीथि मेरे मानस ने जाग उठती है। १९५६ में मैंने बीहड़ और दुर्गम सड़कों के रास्ते से पूरे यूरोप और ब्रिटेन से लेकर अफगानिस्तान तक की मोटरकार में एक स्थलयात्रा की, जिसने मुझे सभ्यताओं के परस्पर संबंध और संवाद को जानने का अवसर दिया। मैंने भारोपीय भाषाओं के अंतरंग संबंधों को यूरोप, ईरान और अफगानिस्तान में देखा तथा ईरान एवं अफगानिस्तान में कई प्रवासी भारतीय परिवारों से परिचय भी हुआ, किंतु तब तक यूरोप में प्रवासी भारतीयों की संख्या बहुत कम थी।

जब १९६२ में मैं लोकसभा का निर्दलीय सदस्य चुना गया, तब मैंने प्रवासी भारतीयों का प्रश्न पं.जवाहरलाल नेहरू के समक्ष रखा। उस समय मैंने एक नए शब्द का भी निर्माण किया जो, कई लोगों को प्रिय और रुचिकर प्रतीत हुआ। वह शब्द था 'भारतवंशी'। भारतवंशी एक विलक्षण शब्द है, क्योंकि यह शब्द वंश को किसी जाति या परिवार से नहीं जोड़ता बल्कि वह देश के विराट् परिवार का परिचायक है। बरसों से मानवीय सभ्यताओं के संवाद में और अलग-अलग जनसमुदायों की संस्कृति में मेरी रुचि रही थी। १९६२ से वह रुचि भारतवंशी समुदाय की ओर से मुखातिब हुई।

भारत जब उपनिवेश था, हमने यहाँ ब्रिटिश प्रवासी समुदाय को पाया। अमेरिका में मैंने आयरलैंड, इटली, स्कॉटलैंड, इंग्लैंड, जर्मनी, हॉलैंड, फ्रांस इत्यादि कई देशों के मूल के लोगों का एक नए राष्ट्र का निर्माण करते देखा। इस प्रकार सांस्कृतिक वैविध्य से यह सबक सीखा कि व्यक्ति एक देश के मूल का होकर दूसरे देश का निवासी, प्रवासी और नागरिक होता है, किंतु वह प्रवासी अपनी संस्कृति की पहचान भी लेकर चलता है, अपनी स्मृतियों, पाथेय और संबल लेकर दूसरे देश में जाता है।

इतिहास के शोध और अध्ययन में मैंने पाया कि यद्यपि कई वर्षों की दासता के कारण हम लोग विदेश को कालापानी कहने लगे थे और हमने विदेश गमन तथा प्रवास को निषिद्ध कर दिया था। हमारे पूर्वज देश-देशांतर में गए थे और भारत की संस्कृति का संदेश विश्व भर में प्रसारित किया था। श्रीलंका, बर्मा, थाईलैंड, मलेशिया, इंडोनेशिया, कंबोडिया, कोरिया, चीन और जापान में समय की शिला पर हमारे प्रवासी पूर्वजों के चरण-चिह्न भी मैंने देखे। हमारे व्यापारिक संबंध हजारों वर्षों से अलग-अलग देशों और सभ्यताओं से रहे, किंतु वे स्मृतियाँ केवल इतिहास की धरोहर बनकर रह गईं, लेकिन भारत पर ब्रितानियों के आधिपत्य के समय भारत से अलग-अलग देशों में गए और बसे प्रवासी भारतीय लगभग प्रत्येक महाद्वीप में मिलते हैं। हमारी स्वाधीनता के बाद प्रवासी भारतवंशी और भी कई देशों में फैले हैं, फले-फूले हैं। उनकी शक्ति और संपन्नता बढ़ी है। आज लगभग दो-ढाई करोड़ की संख्या में वे लोग भारतवर्ष और भारतवासियों के साथ संबंधों के सेतु का निर्माण करने की आकुल अभिलाषा रखते हैं।

मेरा यह सौभाग्य रहा कि तीसरी लोकसभा के सदस्य के नाते और तदनंतर पिछले चार दशक में मैंने प्रवासी भारतीयों का प्रश्न अपने राष्ट्र के प्रथम प्रधानमंत्री पं. जवाहरलाल नेहरू से लेकर वर्तमान प्रधानमंत्री अटल बिहारी वाजपेयी तक निरंतर उठाया। पं. नेहरू के बाद मैंने जब यह प्रश्न श्रीमती इंदिरा गांधी के समक्ष उठाया तो उन्होंने व्यावहारिक-राजनीतिक

यथार्थवाद का परिचय दिया और मुझे समर्थन भी दिया। उन्होंने मुझे एक राजनयिक मुद्दे को लेकर कैरेबियन भी भेजा, किंतु इस विषय को नए और अधिक व्यापक परिप्रेक्ष्य में उनके पुत्र राजीव गांधी ने देखा। उन्होंने मुझे कहा कि वह आयोगों का भार मेरे कंधों पर रखना चाहते हैं। एक पंचायती राज को संवैधानिक अधिकार देने के लिए जो प्रस्ताव दिए और प्रारूप प्रस्तुत किए, वे तो कालांतर में हमारे संविधान के अध्याय बन गए, किंतु प्रवासी भारतीयों के लिए उनकी सोच साकार नहीं हो पाई। यही प्रस्ताव मैंने प्रधानमंत्री नरसिंहा राव को भी दिया। उन्होंने इसी आधार पर एक ऑरेंज कार्ड की घोषणा की। मैंने और भारत के पूर्व मुख्य न्यायाधीश पी.एन. भगवती ने स्व. राजीव गांधी को एवं राव को इस विषय पर एक लिखित प्रस्ताव भी दिया, जिसके आधार पर प्रवासी भारतवंशियों को एक वैकल्पिक दोहरी नागरिकता दी जा सकती थी। उन दोनों प्रधानमंत्रियों को यह प्रस्ताव अच्छा लगा।

भारतवासियों एवं प्रवासी भारतवंशी समाज के बीच सार्थक सेतु निर्माण की दृष्टि से भारत के प्रधानमंत्री अटल बिहारी वाजपेयी ने हमारे इतिहास में एक नया अध्याय लिखा। उन्होंने एक उच्चस्तरीय समिति बनाई और मुझे उसकी अध्यक्षता का भार सौंपा। उनकी इस पहल में एक दृष्टि थी, एक संकल्प था। उनकी दृष्टि वैश्विक थी। उनका यह संकल्प था कि विश्व में भारत के लिए अगणित भारतवंशी सेतुओं का निर्माण हो। इस उच्चस्तरीय समिति ने समस्त विश्व के देशों में अलग-अलग प्रकार के जो प्रवासी भारतवंशी हैं, उनकी समस्याओं का अध्ययन किया और उनको सुना तथा एक विशाल ६०० पृष्ठ का दस्तावेज तैयार किया, जिसको 'डायस्पोरा रिपोर्ट' का नाम दिया गया है।

डायस्पोरा रिपोर्ट में कई सुझाव दिए गए हैं। उनमें से एक सुझाव प्रवासी भारतीय दिवस मनाने का था। एक दूसरा सुझाव यह था कि प्रवासी भारतीयों को भारत सम्मान-पुरस्कार दिए जाएँ। प्रधानमंत्री ने ये दोनों सुझाव

तत्काल स्वीकार कर लिये और उन्हीं के क्रियान्वयन की प्रक्रिया में ९ से ११ जनवरी, २००३ को 'प्रवासी भारतीय दिवस' मनाया जाएगा। इस समारोह और सम्मेलन में पहली बार भारत सरकार के तत्त्वावधान में दुनिया के अलग-अलग देशों से भारतवंशी लोग आएँगे और सेतु निर्माण का कार्य प्रारंभ करेंगे। हमारी उच्चस्तरीय कमेटी के अधिकांश प्रस्तावों का क्रियान्वयन अभी शेष है और मैं यह मानता हूँ कि यह सम्मेलन समारोह उन प्रस्तावों, सुझावों को एक गति देगा और भारतवंशियों के लिए एक सार्थक नीति निर्माण की रचना में एक सार्थक सोपान सिद्ध होगा।

प्रवासी भारतीय, जो भारतवासियों की तरह ही भारतवंशी हैं, भारत के साथ गहरा जुड़ाव महसूस करते हैं। इसका कारण यह है कि उनके मन में अपने पूर्वजों की संस्कृति के प्रति एक आकर्षण और लगाव है। भारतवासियों की अपनी समस्याएँ हैं और प्रवासी भारतीयों की अपनी समस्याएँ हैं, किंतु हम दोनों की एकसमान साझेदारी भी है। प्रवासी भारतीय दिवस एक राष्ट्रीय दिवस के रूप में हमारे उन रिश्तेदारों को प्रीतिपूर्वक समर्पित है, जो दूर-दराज के देशों में बसे हुए अपना जीवन व्यतीत कर रहे हैं। प्रवासी भारतीय दिवस केवल एक सरकारी उपक्रम नहीं है, यद्यपि सरकार ने एक पहल की है जो आवश्यक है। इस नए प्रकल्प को राष्ट्रीय और वैश्विक विस्तार देने के लिए साहित्यकारों, कलाकारों, चिंतकों, सांसदों, व्यवसायियों और मीडिया के लोगों के सहयोग की आवश्यकता है। व्यावसायिक दृष्टि से जो बाधाएँ प्रवासी भारतीयों और भारत में निवेश के लिए सामने आती हैं, उनका उन्मूलन करना एक राष्ट्रीय प्राथमिकता है। वास्तव में हमारी दफ्तरशाही और अफसरशाही हमारे विकास की राह का सबसे बड़ा रोड़ा है। इस दफ्तरशाही मानसिकता को बदलना होगा। मुझे राजीव गांधी की वह बात याद आती है कि जब उन्होंने अपने एक अफसर से पूछा कि मैंने १०-१२ जगह जाने के बजाय एक ही काउंटर या खिड़की पर सब अनुमति पत्र देने का जो आदेश दिया था, उसकी क्या स्थिति है? उनको जवाब मिला कि

आपने जो एकल खिड़की बनाई थी, वह अब एक और अतिरिक्त खिड़की बन गई है। प्रवासी भारतीय दिवस का आयोजन एक शुरुआत है, उसमें जो सार्थक संवाद का सपना और संकल्प है, वह अवश्य फलप्रद होगा, किंतु हमको जमीन पर कुछ ऐसे कदम उठाने पड़ेंगे कि दफ्तरशाही और अफसरशाही कम हो जाए, प्रक्रिया के प्रपंच कम हो जाएँ और विकास का मार्ग प्रशस्त होने लगे।

मेरा यह सुझाव है कि प्रवासी भारतवंशी लोगों के सरोकारों को समझने के लिए उनके साथ संबंधों के सेतु निर्माण के लिए एक स्थायी आयोग की स्थापना की जानी चाहिए। उसके लिए अब से ये आयोजन अलग-अलग देशों में भी होने चाहिए और भारत में भी। अलग-अलग कार्यक्रमों के जरिए सबके लिए लाभप्रद संभावनाओं की खोज और व्यवस्था की जानी चाहिए। प्रवासी भारतीय दिवस तो केवल एक शुरुआत है, इंतिदा है। आगे जो कुछ होगा, वह हम सब पर निर्भर करेगा, भारतवासियों पर और हमारे नेतृत्व की शक्ति और क्षमता पर। मैं भारत और विश्व के आकाश में एक भारतवंशी इंद्रधनुष देखता हूँ। इस इंद्रधनुष की सतरंगी छटा और उसकी परिकल्पना मुझे आत्मविभोर करती है, क्योंकि यह उत्सव भारत का उत्सव है, भारतवासियों का उत्सव है, निवासी और प्रवासी के संगम पर भारत और विश्व का उत्सव है।

□

प्रकृति के विषय में जैन घोषणा-पत्र

इस घोषणा-पत्र की प्रस्तुति में संबंधित संयोजन समिति ने, जैन सेक्रेड लिटरेचर ट्रस्ट ने तथा जिन अनेक विद्वानों और संस्थाओं ने अपने सुझावों तथा मंतव्यों द्वारा सहयोग दिया है, लेखक उनके प्रति आभारी है।

प्रकृति के विषय में जैन घोषणा-पत्र

प्रतीक चिह्न

परस्परोपग्रहो जीवानाम्

मुख पृष्ठ पर हाथ का चित्र है। यह प्रतीक है संगठित रूप से प्रत्येक व्यक्ति की मैत्री, सद्‌भाव और नैतिक दायित्व का। हथेली के केंद्र में 'अहिंसा' शब्द है। हथेली के नीचे लिखा है—परस्परोपग्रहो जीवानाम्

अर्थात् समस्त जीव-जगत् एक-दूसरे के समर्थन और उपकार पर आश्रित है।

सामने के पृष्ठ पर जो तोरणद्वार है, वह उस जैन कला की भव्यता का प्रतीक है, जो अनेक जैन मंदिरों में परिलक्षित है।

पृष्ठ तीन पर देवनागरी अक्षरों में नमस्कार मंत्र लिखा है, जिसका अनुवाद निम्न प्रकार है—

नमस्कार मंत्र

ॐ

नमो अरिहंताणं	—	मेरा अरिहंतों को नमस्कार है, जो परिपूर्ण विजेता हैं।
नमो सिद्धाणं	—	मेरा सिद्धों को नमस्कार है, जो मुक्तात्मा हैं।
नमो आईरियाणं	—	मेरा आचार्यों को नमस्कार है, जो संघ के नेता हैं।
नमो उवज्झायाणं	—	मेरा उपाध्यायों को नमस्कार है, जो ज्ञानी गुरु हैं।
नमो लोए सव्व साहूणं	—	मेरा सभी साधु-संतों को नमस्कार है, जो संसार में कहीं भी विराजते हों।
ऐसो पंच नमुक्कारों	—	ये पाँचों नमस्कार
सव्व पावप्पषासणों	—	समस्त पापों का प्रणाश करते हैं
मंगलाणं च	—	समस्त मंगलों में
पलुमं हवइ मंगलं	—	यही सर्वप्रथम मंगल है।

जैन घोषणा-पत्र

जैन धर्म का मूल सिद्धांत अहिंसा है। किसी जीव का वध न हो, किसी प्राणी को क्लेश न पहुँचे, सब सुखी रहें, सुरक्षित रहें, इस भावना ने अहिंसा के अर्थ को बहुत विस्तार दिया है। जैन मान्यता के अनुसार पृथ्वी, जल, वायु, अग्नि, पेड़-पौधे और वनस्पति आदि प्राणमय हैं। यह चाहे आज अद्‌भुत और आश्चर्यजनक प्रतीत हों, किंतु यह सच है कि जिसे आज पर्यावरण की रक्षा कहा जाता है, वह सहस्रों वर्ष से निरंतर जैन आचार का सहज एवं व्यावहारिक रूप रहा है। जैन परंपरा प्राचीन भारत की अग्रणी

संस्कृति है। यह भारतीय जीवन की मुख्य धारा का ऐसा अविच्छिन्न और जीवंत अंग है, जिसने देश की दर्शनिक, कलात्मक और राजनीतिक विरासत को अपने अवदान से समृद्ध किया है। भारतीय इतिहास में समय-समय पर अनेक शासक, प्रतिष्ठित वर्ग और असंख्य जन-समुदाय जैन धर्म के अनुयायी थे, अर्थात् 'जिन' के आध्यात्मिक विजेताओं के अनुयायी।

जैन धर्म का पर्यावरण संबंधी दर्शन, जो आध्यात्मिक अनुभव से उपजा है, सदा इसके नीतिशास्त्र, सौंदर्यमीमांसा, कला, साहित्य, अर्थशास्त्र और राजनीति का केंद्रबिंदु रहा है। इसका प्रतिपादन और प्रतिनिधित्व संपूर्ण महिमा के साथ इस युग के चौबीस तीर्थंकरों ने किया है—तीर्थंकर, जिन्होंने संसार-सागर को पार करने के लिए धर्म के तीर्थों का निर्माण किया है। हजारों वर्षों से इन तीर्थंकरों का जीवन और इनके उपदेश मानवजाति के लिए उदाहरणस्वरूप जीवंत विरासत बने हुए हैं। यद्यपि लगभग एक करोड़ की जनसंख्यावाले जैन लोग भारत की आबादी का अत्यल्प अंश हैं, किंतु जैन चिंतन और जीवन-व्यवहार का संदेश, उसका मूलभाव, जीव मात्र के प्रति उसकी विनय, मानव सभ्यता के उत्थान के लिए उसका सतत प्रयत्न और प्राकृतिक पर्यावरण की सुरक्षा के प्रति सावधानी आज भी भारतीय जीवन और दृष्टि को गहन एवं व्यापक रूप से प्रभावित किए हुए हैं।

बीसवीं शताब्दी में जैन महत्त्व को दरशानेवाला सबसे अधिक जीवंत और प्रभावकारी उदाहरण महात्मा गांधी का था, जिनका स्मरण राष्ट्रपिता के रूप में किया जाता है। गांधीजी के मित्र श्रीमद् राजचंद्र थे, जो तत्त्वदर्शी जैन थे। धर्म और नीति के मौलिक मुद्दों पर इन दोनों महान् व्यक्तियों का परस्पर राजचंद्र भाई के जीवन-पर्यंत पत्र-व्यवहार जारी रहा।

स्वतंत्रता और सामाजिक समानता के लिए गांधीजी ने जो सविनय अवज्ञा आंदोलन (सिविल डिसओबीडिएंस मूवमेंट) चलाया, उसका दिशा-दर्शक सिद्धांत अहिंसा था। गांधीजी के पर्यावरण संबंधी दर्शन की समुचित अभिव्यक्ति उनके इस कथन में है कि मानव समाज की बड़ी-से-बड़ी कृति

प्रकृति के छोटे-से-छोटे चमत्कार का मुकाबला नहीं कर सकती।

जैन धर्म के शिक्षा-सूत्र

१. अहिंसा

जैन धर्म का पर्यावरण संबंधी दर्शन एक प्रकार से अहिंसा का ही पर्याय है, जिसमें जैन परंपरा स्वर्ण-सूत्र की तरह पिरोई हुई है—'अहिंसा परमो धर्मः', अहिंसा परम धर्म है।

इस युग के चौबीसवें तीर्थंकर महावीर थे, जो लगभग २५०० वर्ष पूर्व उत्तर भारत में जनमे थे। जैन धर्म की मूल शिक्षाओं का उन्होंने जो उपदेश दिया, उसे उनसे दो शताब्दी पहले तीर्थंकर पार्श्वनाथ ने और उनसे हजारों वर्ष पहले आदिनाथ ऋषभ से लगाकर इस युग के अन्य बाईस तीर्थंकरों ने प्रतिपादित किया—शांति, समता और त्याग। महावीर ने आत्मा की अनंतकालीन खोज को, अहिंसा, सत्य और संयम के प्रकाश द्वारा नए रूप से आलोकित किया। उन्होंने कहा—

णत्थि अणूदो अप्पं आयासादां अण्टत्यं णत्थि
जह तह जाण, महल्लं ण वयमीहंसासमं अत्थि

भगवती आराधना. ७८४

जैसे इस जगत् में अणु से छोटी दूसरी वस्तु नहीं है और आकाश से बड़ी कोई वस्तु नहीं, उसी प्रकार अहिंसा व्रत के समान सूक्ष्म या उससे बड़ा कोई व्रत नहीं है।

अतीत, वर्तमान और भविष्य के सभी अर्हत् समान स्वर से जो प्रवचन करते हैं, मार्ग दरशाते हैं, उद्घोष करते हैं, प्रचार करते हैं और आचरण की प्रेरणा देते हैं; वह है—

किसी शरीरधारी जंतु को, किसी जीवित प्राणी को घायल मत करो,

अपशब्द न कहो, पीड़ित न करो, दास न बनाओ,
अपमानित न करो, दुःख मत दो, यातना मत दो,
वध न करो।

जैन दृष्टि से यह स्पष्ट है कि विद्वेष और विद्रोह, आक्रमण और आतंक शोषण और उपयोगितावाद में फँसे, संघर्ष से क्षत-विक्षत इस संसार में हिंसा का बोलबाला है।

अहिंसा का उपदेश केवल युद्ध और प्रत्यक्ष शारीरिक रूप से की जाने वाली हिंसा के संदर्भ में ही नहीं है, अपितु उस हिंसा से भी है, जो मानव के हृदय में और मन में उपजती है—संसार के सहवर्ती प्राणिजगत् और प्रकृति के प्रति उनमें संप्रक्ति और करुणा का अभाव। प्राचीन जैन शास्त्र स्पष्ट करते हैं कि हिंसा का अर्थ किसी को कष्ट देना ही नहीं है, क्योंकि यह कभी भी बिना चाहे भी होता है, वास्तव में इच्छापूर्वक कष्ट देने से और दया के अभाव से हिंसा घटित होती है। बिना हिंसा के भाव के हिंसा क्रिया में नहीं आती, जब हमारे विचारों में हिंसा प्रवेश करती है तो तीर्थंकर महावीर के वचन याद आते हैं—

तुम स्वयं वह हो, जिस पर तुम आघात करते हो,
जिसे क्षति पहुँचाते हो, अपमानित करते हो,
त्रास देते हो, दडिंत करते हो, पीड़ा पहुँचाते हो,
दास बनाते हो या वध करते हो।

२. परस्परोपग्रहो जीवानाम्

तीर्थंकर महावीर ने संसार के लिए एक सार्वकालिक सत्य का उद्घाटन किया, जब उन्होंने कहा—

वह जो पृथ्वी, वायु, अग्नि, जल और वनस्पति के जीवंत अस्तित्व को नकारता है, उनकी उपेक्षा करता है, वह वास्तव में अपने ही को अस्वीकार करता है; क्योंकि वह स्वयं इन तत्त्वों के साथ गुँथा हुआ है।

जैन सृष्टि-विद्या सहजीवन और सहआश्रितता के मूल प्राकृतिक

तथ्य को मानती है, जो आधुनिक पर्यावरण-विज्ञान का आधारभूत सिद्धांत है। यह ध्यान देने की बात है कि अंग्रेजी शब्द 'इकोलॉजी' (पर्यावरण विज्ञान) ग्रीक भाषा के 'ओइकोस' शब्द से उन्नीसवीं शताब्दी के उत्तरार्ध में गढ़ा गया है, जिस ग्रीक शब्द का अर्थ है आवास, घर, जहाँ व्यक्ति लौटकर आता है; पर्यावरण शास्त्र प्राणीशास्त्र का अंग है, जिसमें जीव-जंतुओं का अपने परिवेश से और एक-दूसरे से संबंध दरशाया जाता है। जैन शास्त्रों का प्राचीन सूत्र है—'परस्परोपग्रहो जीवानाम्' अर्थात् समस्त जीव पारस्परिक उपकार पर आश्रित हैं। यह सूत्र आधुनिक पर्यावरण के क्षेत्र को परिभाषित करता है और साथ ही उसके आवासीय, अवगाही अर्थ को विस्तार देता है। इसका तात्पर्य यह है कि प्रकृति के सभी आयाम एक-दूसरे से जुड़े हुए हैं और लौकिक दृष्टि से ही नहीं, आध्यात्मिक दृष्टि से भी संबद्ध हैं। जीवन एक अवदान है—सहभागिता का, सहवास का, सहयोग का, एक ऐसे विश्व का, जो स्वयं पारस्परिक सहआश्रित घटकों और रूपों से निर्मित है।

३. अनेकांत (वस्तु के अनेक आयामों का सिद्धांत)

सार्वभौम, सहआश्रितता के सिद्धांत का संबंध जैन विद्या की ज्ञान मीमांसा से है, जिसे अनेकांतवाद या वस्तु के अनेक पक्षों या आयामों का दर्शन कहते हैं। विश्व के नित्य परिवर्तनशील, बहुमुखी यथार्थ का प्रतिपादन अनेकांत के सिद्धांत द्वारा होता है। वस्तु के यथार्थ को समझने के अनेक दृष्टिकोण हैं। वह यथार्थ बहुमुखी है, जहाँ दृश्य को तथा दर्शन को द्रव्य, क्षेत्र, काल और भाव के संदर्भ में प्रस्तुत किया जाता है।

हमें अनेकांत का दर्शन, स्याद्वाद के सिद्धांत तक पहुँचाता है, क्योंकि सत्य के बहुमुखी रूप को जब शब्दों में व्यक्त करना हो तो एक समय में सारे आयामों का कथन नहीं हो सकता। हमारा कथन एक समय में सत्य के एक पक्ष को व्यक्त करता है। यह कथन अनेक दृष्टिकोणों के संदर्भ में सापेक्ष होता है। एक दृष्टि से सत्य जिस रूप में परिलक्षित होता है, वह दूसरी दृष्टि से अधूरा है, विवादास्पद है। अतः स्यात् शब्द जोड़कर हम यह स्पष्ट करते

हैं कि यह कथन केवल एक दृष्टि से सही है। सत्य कथन की इस स्यात्-मूलक दृष्टि को स्याद्वाद कहते हैं। अंतिम सत्य को केवल एक निश्चित दृष्टिकोण से नहीं प्रस्तुत किया जा सकता, क्योंकि अंतिम सत्य उन समस्त दृष्टिकोणों का समाहार है, जिनसे विश्व संगठित है।

४. समन्वय (सम-सम्यकत्व)

अहिंसा का सिद्धांत, संयम और विश्वव्यापी सह-अवलंबन की प्रतीति को जन्म देता है और साथ ही इस विश्वास को कि सत्य बहुमुखी दृष्टिकोणों का तर्कसंगत समाहार है। यह प्रतीति व्यक्ति को अंततोगत्वा इस परिणाम पर पहुँचाती है कि हमारे चारों ओर जो संसार है, उसके प्रति हमारा दृष्टिकोण आग्रही, असहिष्णु, लचकहीन, आक्रामक, हानिप्रद और एकांगी नहीं होना चाहिए। जैन धर्म की यह मौलिक दृष्टि प्रत्येक अनुयायी को प्रेरित करती है कि वह जीव तथा अ-जीव दोनों के प्रति सम्यकत्व भाव रखे। यह दृष्टि आदान और प्रदान, जिओ और जीने दो की भावना का संचार करती है। वास्तव में यह संसार में शांति की स्थापना और उसके संवर्द्धन की योजना को प्रोत्साहित करती है। इसके द्वारा ऐसी संतुलित दृष्टि उपजती है, जो प्रकृति पर या राष्ट्रों और व्यक्तियों पर अधिकार जमाने की बजाय सबके प्रति समता-भाव उपजाकर विश्व में शांति का संवर्द्धन करती है। विश्व के संतुलन और सुरक्षा के आधार को दृढ़ करती है।

५. जीव दया (करुणा, सह-अनुभूति और दान)

यद्यपि अहिंसा एक नकारात्मक भाव है—अहिंसा अर्थात् हिंसा का अभाव, किंतु इसके मूल में अनेक सकारात्मक उद्देश्य और सार्थक भाव निहित हैं, जो आज के हमारे पर्यावरण संबंधी सरोकार के समर्थन में महत्त्वपूर्ण भूमिका अदा करते हैं।

अहिंसा के ही रूप में दया, करुणा, मैत्री को जैन आचार्यों ने प्राणीमात्र की 'वत्सलमाता' कहा है। इसे ही 'अमृत' कहा है, जो संसार-सागर में जन्म-मरण के भँवरों में भटकते हुए प्राणियों को पार उतारकर

अमरत्व की स्थिति में रखता है।

जैन साधु और गृहस्थ सदा दया और अहिंसा को विश्वव्यापी क्षमा के रूप में साधते हैं। जैन साधु और साध्वी विनत भाव से प्रार्थना करते हैं कि संसार में सब प्राणियों के प्रति हमारे हृदय में क्षमा भाव हो। सब प्राणी हमारी असावधानियों के प्रति क्षमा करें। सभी प्राणियों के प्रति हमारा मैत्री भाव हो, सब हम पर मैत्री भाव रखें। हमारे मन में किसी भी प्राणी के प्रति कभी किसी प्रकार का बैर-भाव और दुराव न हो। संपूर्ण संसार में क्षमा और मैत्री का साम्राज्य हो—सभी एक-दूसरे की भलाई की कामना करें। उनकी भावना होती है—

सत्वेषु मैत्रीम् गुणिषु प्रमोदम्
क्लिष्टेषु जीवेषु कृपापरत्वम्
माध्यस्थभावं विपरीत वृत्तौ
सदा ममात्मा विदधातु देव

आचार्य अमितगति

समस्त जीवों के प्रति मेरा मित्रता का भाव हो,
जो प्राणी क्लेश में हैं उन पर मेरा असीम कृपा-भाव हो,
जो मुझसे विपरीत भाव रखते हैं,
उनके प्रति मेरा मध्यस्थ, सम-भाव हो,
हे भगवान! मेरी आत्मा में
सदा इसी प्रकार की प्रवृत्ति क्रियाशील हो।

जैन ब्रह्मांड-विद्या

जैन दर्शन यह नहीं मानता कि संसार का कोई सचेत, मूलभूत प्राथमिक कारण है जो सृष्टि का निर्माण करता है। जैनों की मान्यता है कि संसार का न कोई आदि है, न अंत। इसका मूल कारण दो द्रव्यों का अस्तित्व है—जीव और अजीव। ये दोनों शाश्वत हैं, अविकृत हैं, स्वतंत्र हैं और सदा से ही

इनका सह-अस्तित्व है।

जीव वह, जिसमें चेतनता है; अजीव वह, जिसमें चेतना नहीं है।

अजीव द्रव्य के पाँच प्रकार हैं—

धर्म — वह द्रव्य जो गति का माध्यम है।

अधर्म — जो जीवों और पदार्थों की स्थिति का माध्यम है। यह दार्शनिक शब्द है। इसका पाप-पुण्य से कोई संबंध नहीं।

आकाश — जो सब द्रव्यों को अपने में स्थान देता है।

काल — जो समय के रूप में एक शाश्वत सत्ता है।

पुद्गल — यह एकरूपी द्रव्य है, जो अलग-अलग परमाणुओं से निर्मित है। इन परमाणुओं के समूह को स्कंध कहते हैं। जिन्हें देख सकते हैं, सुन सकते हैं, सूँघ सकते हैं, चख सकते हैं और छू सकते हैं। जैन मान्यता के अनुसार ऊर्जा अर्थात् ध्वनि, धूप, प्रकाश आदि परमाणुओं के स्कंध से उत्पन्न होते हैं।

जीव — जीव (आत्मा) का कोई रूप नहीं, किंतु सांसारिक परावर्तन की अवस्था में यह शरीरधारी है। यह कर्म-रज को आकर्षित करता है अर्थात् इसमें कर्मों का 'आस्रव' होता है। कर्म ऐसे सूक्ष्म पुद्गल परमाणु हैं जो आत्मा के सांसारिक कार्यकलाप के कारण इसकी ओर प्रवाहित होते हैं। यह कर्म-रज रेत के रूप में बन जाते हैं।

णेहो उप्पिदगत्तस्स रेणुओ लग्गे जधा अंगे
तह रागदोस सिणि होलिदस्स कम्भ मुणेयव्वं-मूलाचार-२३६

जैसे तेलयुक्त शरीर पर रेत चिपक जाता है, वैसे ही राग-द्वेष रूपी

तेल से भीगी हुई आत्मा को कर्म पुद्‍गल का बंध होता है।

कर्मों के आस्रव आत्मा को भौतिक संसार से तब तक बाँध सकते हैं जब तक वह पके फल की तरह झर नहीं जाते किंतु, इस बीच अन्य क्रिया-कलापों के कारण नए कर्म आत्मा में आस्रवित हो जाते हैं। जिन अरिहंतों और सिद्धों ने कषायों का क्षय कर दिया है, उन अरिहंतों और सिद्धों के अतिरिक्त सभी प्राणी जीवन और मृत्यु के सतत चक्र से गुजरते हुए, संयम और तप की साधना द्वारा आत्म-विकास की सीढ़ियों पर आरोहण करते हुए कर्मक्षय के उपरांत अंत में 'मोक्ष' प्राप्त करते हैं। इस परावर्तन में अनगिनत व्यक्ति विकास की अलग-अलग मंजिलों पर स्थित हैं—पृथ्वीकायिक, जलकायिक, अग्निकायिक, वायुकायिक, वनस्पतिकायिक तथा अन्य त्रस जीवों से लगाकर, कीट-पतंग, पक्षी तथा बड़े आकार के पशु, नारकी और देवगति के जीवों पर्यंत।

विकास-सिद्धांत की जैन दृष्टि यह है कि विभिन्न शरीरों में स्थित आत्माओं को उनकी इंद्रिय-चेतना की स्थिति के अनुरूप वर्गीकृत करते हैं। सारी आत्माएँ समान हैं, किंतु आस्रवों के विभिन्न परिमाणों के अनुसार वह उस शरीर से बँधी हैं, जो उन्हें प्राप्त है। सबसे निम्न श्रेणी का वह शरीर है जिसके केवल एक इंद्री है। वृक्षों और वनस्पतियों में एक इंद्री है—स्पर्श इंद्री, इसलिए उन्हें सुख और दुःख की अनुभूति होती है। महावीर ने शिक्षा दी कि जिसे इस बात की प्रतीति है कि पौधों और पेड़ों के विनाश से घोर पाप और अवनति होती है, वही 'प्रकृति के प्रति विनय भाव' के अर्थ और महत्त्व को समझता है। धातुओं और पाषाणों में भी प्राण हो सकते हैं, अतः इनके प्रति असावधानी नहीं बरतनी चाहिए।

एकेंद्रिय जीवों से ऊपर हैं लघु-प्राण जीव और छोटे पशु, जिनके दो या तीन या चार इंद्रियाँ हैं। इससे ऊपर की श्रेणी में वे जीव हैं जो पचेंद्रिय हैं। सर्वोच्च वर्ग के पशुओं और मनुष्यों में बुद्धि और मन है। मनुष्य चूँकि जीवन-विकास के सर्वोच्च पर्याय में है, अतः पारस्परिक व्यवहार और

समस्त विश्व से संबंधित मामलों में उसका गंभीर नैतिक दायित्व है।

जीवन के इस दृष्टिकोण ने जैन परंपरा को पर्यावरण की सुरक्षा और समरसता के संपोषण का समर्थक बनाया है। इसके प्रति मनुष्य का नैतिक दायित्व है।

जैन आचार के सूत्र

जैन आचार-संहिता में पाँच व्रतों के पालन करने का विधान है—

अहिंसा	:	मन, वचन, कार्य में अहिंसा
सत्य	:	सत्य की खोज और सत्य-कथन
अचौर्य	:	आचरण में प्रामाणिकता और किसी वस्तु के बलपूर्वक अथवा चोरी से प्राप्त करने का त्याग
ब्रह्मचर्य	:	मन, वचन, कार्य से संयम और ब्रह्मचर्य का परिपालन
अपरिग्रह	:	परिग्रह की अवृत्ति, अनावश्यक संग्रह की प्रवृत्ति का त्याग

अहिंसा का व्रत सर्वोपरि है, धुरी के समान है। अन्य व्रतों को इसी के इतर पक्ष के रूप में समझना चाहिए। समता की खोज और रत्नत्रय अर्थात् सम्यक्दर्शन, सम्यक्ज्ञान और सम्यक्चरित्र की साधना से सब मिलकर व्यक्ति के लिए जैन आचार संहिता का समग्र रूप प्रस्तुत करते हैं।

इन व्रतों का पालन जब साधु और साध्वी कठोर साधना के रूप में करते हैं, तब यह 'महाव्रत' कहलाते हैं। गृहस्थ इन व्रतों का पालन सीमित रूप में यथाशक्ति करते हैं, इसलिए यह 'अणुव्रत' कहलाते हैं।

जैन आचार की साधना के मूल में इस बात पर जोर है कि प्रत्येक व्यक्ति का दायित्व प्रत्येक अन्य व्यक्ति के प्रति है और समग्र रूप से सबके प्रति है। वास्तव में सारा विश्व ही प्रत्येक के लिए अपनी आत्म-चेतना की अभिव्यक्ति का माध्यम है। यह विचार-संहिता अपने लौकिक प्रयोजन और व्यावहारिक परिणामों में नितांत पर्यावरण-सापेक्ष है, पर्यावरण की सुरक्षा के प्रति समर्पित है।

पशुओं पर दया

अहिंसा व्रत के उल्लंघन के अंतर्गत पशुओं और मनुष्यों के प्रति निर्दय व्यवहार के सभी रूप सम्मिलित हैं। अनेक शताब्दियों पहले जैनों ने देवोपासना में प्रचलित पशुओं के बलिदान की प्रथा को 'पाप' की संज्ञा देकर तिरस्कृत किया। पशुओं को बाँधकर रखना, उन पर आघात करना, अंगभंग करना, उन पर अधिक भार लादना अथवा उन्हें पर्याप्त आहार और जल से वंचित रखना, ये सब जैन आचार में वर्जित हैं। पालतू पशुओं के संबंध में इतनी छूट दी गई है कि उन्हें रस्सी से बाँधकर रखा जा सकता है, कभी-कभी चाबुक का भी प्रयोग किया जा सकता है, किंतु यह सदा सदय भाव से, सावधानी से और बिना क्रोध भावना के।

शाकाहार

जैन लोग शाक-सब्जी आदि एकेंद्रिय जीव का उपयोग न्यायोचित ढंग से करते हैं, किंतु वे सचेत रूप से खान-पान के लिए या क्रीड़ा और खेल-तमाशे आदि के लिए कोई प्राण-वध नहीं करते। सामाजिक मान्यता के रूप में जैन लोग नितांत शाकाहारी हैं। वे मांस, मछली या अंडे का उपयोग नहीं करते।

आत्मसंयम की साधना और अपव्यय का परिहार

मूल व्रतों को स्वीकार करके जैन गृहस्थ संयमित और नियंत्रित जीवन अपनाते हैं तथा यथाशक्ति तप और त्याग का अभ्यास करते हैं। वे संतानोत्पत्ति विवेकपूर्वक करते हैं, ताकि उनके द्वारा विश्व और उसके साधनों पर आवश्यकता से अधिक भार न पड़े। जैन आचरण में आत्मशुद्धि के लिए नियतकालिक उपवास को प्रोत्साहन दिया जाता है।

जैन धर्म के अनुयायियों को आदेश है कि वे संसार के साधनों का उपयोग इस प्रकार से करें, जैसे मधुमक्खी वृक्षों के फूलों का। वह फूलों से मधु इस तरह चूसती है कि फल को चोट न पहुँचे और वह स्वयं शक्ति प्राप्त कर ले। आवश्यकताओं को कम किया जाए, इच्छाओं पर अंकुश लगाया

जाए और वस्तुओं के उपयोग का स्तर उचित सीमा के अंदर रखा जाए। अपनी आवश्यकता से अधिक किसी साधन का उपयोग और प्रकृति के किसी भाग का दुरुपयोग 'चोरी' माना जाता है। वास्तव में जैन आस्था मौलिक रूप से एक कदम आगे बढ़कर नितांत निश्चित रूप से घोषणा करती है कि अपव्यय और प्रदूषण को उत्पन्न करना हिंसा कर्म है।

दान

परिग्रह का संचय और अपने सुख के लिए उसका भोग कम-से-कम सीमा तक किया जाए। उदारतापूर्वक परमार्थ के लिए दान और सामाजिक योजनाओं के लिए समय का समर्पण गृहस्थ के दायित्वों का भाग है। यही कारण है कि जैन मंदिरों और तीर्थक्षेत्रों के लिए समाज क्षरा वित्तीय साधनों का और समुचित व्यवस्था का प्रावधान किया जाता है। जैन धर्म की शिक्षा का यह फल है कि सामाजिक दायित्व के बोध ने जैनों को प्रेरणा दी कि बड़ी संख्या में स्कूल, कॉलेज, अस्पताल, उपचार-केंद्र, आवासगृह, होस्टल, अनाथालय, विकलांगों, वृद्धों, रोगियों और साधनहीनों के लिए पुनर्वास शिविरों की, यहाँ तक कि रोगी पशुओं और पक्षियों के लिए अस्पतालों की स्थापना की जाए। समृद्ध व्यक्तियों को परामर्श दिया जाता है कि वे इस बात को मान्यता दें कि एक सीमा के उपरांत उनका द्रव्य उनकी आवश्यकताओं के लिए निरर्थक हो जाता है, अतः वे इस अतिरिक्त द्रव्य का उपयोग सामाजिक हित में ट्रस्टी के रूप में करें।

जैन धर्म के पाँच मूल व्रत और पंच-सूत्रीय आचार संहिता जिसकी रूपरेखा इस घोषणा-पत्र में दी गई है, शताब्दियों से अविच्छिन्न रूप से आचार-व्यवहार में जीवंत जड़ जमाए हुए है। आज के संसार के लिए ये युग-युग से चले आए समस्त मानवता के लिए जीवन की समान तीर्थयात्रा की तरह हैं, जिसके द्वारा विश्व में सर्वतोमुखी पर्यावरण-सुरक्षा, शांति और समरसता की साधना संपन्न होती है।

विशेष सूचना और इस घोषणा-पत्र की प्रति प्राप्त करने के लिए संपर्क करें—

१. भगवान् महावीर मेमोरियल समिति
३ बेनिटो जुआरूम रोड
नई दिल्ली–११००२१
इंडिया
फोन (०११) ६८७४८०५

२. ओसवाल एसोसिएशन ऑफ द यू.के.
कूपर्सलेन रोड,
नॉर्थो
हर्ट्स EN6 4DG
फोन (०७०७) ४३८४८

३. नवनात वनिक एसोसिएशन ऑफ द यू.के.
नवनात भवन
३६, मेसंस एवेन्यू
wealdstone, Harrow
Middlesex, HA3 5AR

पीछे के परिच्छेद पृष्ठ पर अष्ट मंगल द्रव्यों में से एक अंकित किया गया है। यह प्रत्येक मानव प्रयत्न के शुभारंभ का प्रतीक है। मंगल–कुंभ पर दो नेत्र सम्यक् ज्ञान और सम्यक् दर्शन के प्रतीक हैं।

□

प्रादेशिक राजनीति के चक्रव्यूह में हिंदी 'अभिमन्यु'

राजभाषा के प्रश्न को लेकर संसद् में एक नई संकटापन्न स्थिति उत्पन्न हो गई है। भारत के गृहमंत्री श्री लालबहादुर शास्त्री ने राजभाषा के संबंध में भी विधेयक लोकसभा में प्रस्तुत किया था, उससे विविध आशंकाओं की अभिवृद्धि ही हुई है। हिंदी-भाषी जनता में यह भावना व्याप्त है कि केंद्रीय सरकार हिंदी संबंधी प्रावधानों को वास्तव में मूर्त रूप नहीं देना चाहती।

इधर अहिंदी-भाषी प्रदेशों के प्रतिनिधियों और मुखवक्ताओं ने एक ऐसे वातावरण की सृष्टि करने का यत्न किया है कि यह विधेयक वास्तव में हिंदी को थोपने का प्रयत्न है और इस विधेयक के अनुसार यह अवमानना विद्यमान रहती है कि अंग्रेजी को अकाल-निर्वासन अथवा विदा का शिकार होना पड़े।

यद्यपि कानूनी भाषा और व्याख्या की दृष्टि से ये आशंकाएँ सर्वथा निर्मूल नहीं कही जा सकतीं, तथापि यह तो निस्संदेह स्पष्ट है कि इन आशंकाओं में अतिशयोक्ति का प्रभाव सविशेष है।

अहिंदी-भाषी मुखवक्ताओं की आपत्तियों के मूल में विशेषतया उनका

यह भय है कि शायद हिंदी को ज्यादा महत्त्व मिलते रहने से सरकारी नौकरियों में दक्षिणात्यों की संख्या कम हो जाएगी। राष्ट्रीय दृष्टि से यह रूप उतना चिंताजनक नहीं, जितना कि कुछ दक्षिणी नेताओं का यह प्रस्ताव कि अंग्रेजी को सदा के लिए राजभाषा के रूप में स्वीकार कर लिया जाए।

संविधान के अनुच्छेद ३४३ खंड-१ में यह स्पष्ट है कि हिंदी को भारतीय संघ की राजभाषा के रूप में निर्विवाद रूप से अंगीकार किया गया है। अनुच्छेद ३४३ खंड-२ में इस बात का प्रावधान है कि हमारे गणतंत्र के पहले तीन वर्षों में अंग्रेजी का प्रयोग चलता रहेगा। संविधान के अनुच्छेद ३४३ खंड-३ में यह प्रावधान है कि हम पहले पंद्रह वर्षों के बाद भी संसद, यदि आवश्यकता हो तो, विशिष्ट प्रयोजनों के लिए अंग्रेजी के प्रयोग को स्वीकृत करने के लिए विधेयक निर्मित कर सकती है।

श्री लालबहादुर शास्त्री द्वारा प्रस्तुत कानून में १९६५ के बाद अंग्रेजी के प्रयोग के लिए न तो कोई सीमा नियत की गई है और न ही वास्तव में कोई विशेष प्रयोजन ही निर्धारित किया गया है। यह मूलतः हमारे संविधान के प्रतिकूल है, क्योंकि संविधान के दृष्टिकोण में अनुच्छेद ३४३ खंड-३ का आयास सीमित और संकुचित है। इस दृष्टि से प्रस्तुत विधेयक में १९६५ के बाद अंग्रेजी के प्रयोग पर नियत अविध की सीमा संविधान के अंतर्गत अनिवार्य है।

हिंदी विरोधी प्रचार

मैं यह मानता हूँ कि हिंदी भाषा के वर्तमान विकास-सोपान के अनुसार उसका राजभाषा के रूप में प्रयोग करना संभव नहीं है। इन पिछले पंद्रह वर्षों में सरकार और हिंदी-जगत् ने वास्तव में हिंदी की सर्वतोमुखी अभिवृद्धि के लिए नगण्य सा प्रयत्न किया है। हिंदी के दैन्य और अभाव-अभियोगों के लिए मूलतः केंद्रीय सरकार हिंदी-भाषी प्रदेशों की सरकारें और हिंदी क्षेत्र के संगठक तथा साहित्यकार ही उत्तरदायी हैं। इस संदर्भ में गहरे आत्मनिरीक्षण की आवश्यकता है और सक्रिय, संकल्पशील कार्यक्रम

की अपेक्षा है। हिंदी का भविष्य वास्तव में इस संकल्प के साफल्य पर ही निर्भर करता है।

किंतु आज जिस बात से हमारी राष्ट्रीय भावना को गहरा धक्का लगा है, वह है तथाकथित दक्षिण में और दक्षिण की ओर से किया जा रहा हिंदी विरोधी भ्रामक और अनधिकृत प्रचार। दक्षिण में हिंदी का प्रसार प्रगति की ओर है। दक्षिण में जो भारतीय जनता रहती है, उसका अंग्रेजी भाषा से कोई ऐसा अभिन्न और अंतरंग संबंध नहीं है कि उनके हृदय में अंग्रेजी के प्रति सहसा अनंत अनुराग उमड़ पड़ा हो। राजनीति के चक्रव्यूह में आज हिंदी अभिमन्यु सी संकटापन्न है।

भारतीय संविधान में हिंदी का राजभाषा के रूप में अभिषेक हुआ था। उस समय विरोध और विवाद के स्वर अराष्ट्रीय समझे गए। आज हमारे गणतंत्र की स्थापना के तेरह वर्ष बाद उस एकता और आदर्श का प्रेरणात्मक समन्वय ऐसा विश्रृंखल हो चला है कि हम लोग दीर्घ दृष्टि से, राष्ट्रीय ऐक्य और नवजागरण की भावना से और उदात्त आदर्श के मंगलमय भविष्य की कामना से अभिप्रेरित होकर सोचने में अपने आपको असमर्थ पा रहे हैं।

इस मूल प्रश्न का उत्तर और हल भारतवर्ष को आनेवाली पूरी शताब्दी तक पग-पग पर देना पड़ेगा, तभी हम इतिहास के साक्ष्य से यह सिद्ध कर पाएँगे कि हम एक राष्ट्र हैं। (सन् १९६३)

□

सत्य के साक्षात्कार की साधना है सगुण-निर्गुण

शब्द, अर्थ, भाव भक्ति की सगुण परंपरा में जीवंत बिंबों का अनिर्वचनीय माधुर्य भारतीय परंपराओं में सगुण उपासना और निर्गुण साधना, दोनों की महत्ता है। सगुण सामान्यजन के लिए सरस और साक्षात् है तो निर्गुण में विराट् चेतना के आलोक की सूक्ष्म सचेतन प्रतीति है। दोनों के विवाद गहरे हैं, दार्शनिक और समाज-शास्त्रीय हैं, दोनों के रास्ते अलग हैं, किंतु दोनों के मंतव्य और गंतव्य लगभग समान हैं। दोनों में सत्य के साक्षात्कार की साधना है, दोनों में चित्त के शुद्ध-प्रबुद्ध चैतन्य की खोज है, दोनों का गंतव्य राद् और विद् के संगम पर अनिर्वचनीय सच्चिदानंद विराजमान है। वह गूँगे का गुड़ सगुण है या निर्गुण, यह विवाद्य और प्रतिपाद्य है, क्योंकि अंततोगत्वा सच्चिदानंद की अवधारणा साधना की अनुभूति है। एक अंतरंग और अनिर्वचनीय ब्राह्म समाधि का क्षण घायल है। ज्ञान और भक्ति के मार्गों में जमकर शास्त्रार्थ हुआ है, न कोई जीता, न कोई पराजित हुआ। ज्ञान और भक्ति दोनों ही अध्यात्म के धर्म क्षेत्र में महिमामंडित महारथी हैं। दोनों का पक्ष एक ही—वे परस्पर विरोधी नहीं हैं कि पूरक हैं। दोनों के अवगाहन में मुझे और

जनमत को जो आनंदानुभूति मिली है, उनके पथ और प्रकार अलग हैं। जो ज्ञान के मार्ग से चले हैं, वे भक्ति के मार्ग का महत्त्व और व्यापक प्रभाव स्वीकार करने में संकोच नहीं करते। संभव है कि आदि शंकराचार्य के लिए ज्ञान और वैराग्य का मार्ग प्रशस्त हुआ और वे सच्चिदानंद के ब्राह्म शिखर तक पहुँचे, किंतु उन्होंने भक्ति मार्ग का प्रत्याख्यान नहीं किया। श्रद्धेय स्वामी चिन्मयानंद, जो हमारे समय के चूड़ामणि ऋषि और मनीषी थे, ज्ञानयज्ञ के अधिष्ठाता थे, किंतु वे भक्तिप्रवाह के भगीरथ थे। आज भी चिन्मय मिशन में ज्ञान और भक्ति का संगम एक अनवरत अध्यात्म कुंभ के आनंदोत्सव के रूप में देखा जा सकता है। एक बार श्रद्धेय स्वामी चिन्मयानंदजी ने ज्ञान और भक्ति को भारतीय अध्यात्म साधना के रथ के दो पहियों की संज्ञा दी। एक अन्य अवसर पर उन्होंने अपने सहज विनोदी स्वभाव में मुक्तहास के साथ मुझे कहा, दोनों वाहन हैं, वाहन का जो मॉडल तुमको पसंद है, उसे चुन सकते हो। अगर रास्ते का मानचित्र तुम्हारे पास है तो दोनों वाहन अपनी-अपनी गति से सुनिश्चित सच्चिदानंद के धाम पर पहुँचेंगे। गुरुवर श्री चिन्मयानंदजी का स्वभाव और उनकी अभिव्यक्ति सदैव ही विनोदसंपन्न होती थी। उन्होंने कहा, परंतु यह कोई कार रेस का ओलंपिक नहीं है। यह है आत्मा की तीर्थयात्रा।

सगुण की सच्चिदानंद साधना में शब्द और अर्थ की भाव-भंगिमाएँ और उनका संगीत अद्भुत है। स्तोत्र परंपरा में कर्मकांड अधिक प्रभावी लगता है, किंतु स्तोत्र में विपुल साहित्यिक सौंदर्य भी है, चाहे वह दुर्गास्तोत्र हो, शिवस्तोत्र हो, गणेशस्तुति हो या विष्णु सहस्रनाम हो। महाप्रभु वल्लभाचार्य का मधुराष्टक एवं कविवर जयदेव का गीतगोविंद भक्ति और साहित्य की आराधना के सुरभित सुमन हैं, जिनमें प्रत्येक शब्द की अनुगूँज हृदय को आप्लावित करती है, सचेतन सौंदर्यबोध की संजीवनी द्वारा आत्मा की लक्ष्मण-मूर्च्छा का उपचार करती है। उन शब्दों में भावप्रवण ऐंद्रिक इंद्रजाल का ऐश्वर्य अभिभूत कर देता है। महाप्रभु वल्लभाचार्य की परंपरा में दीक्षित

मेरी माँ को जब मैंने पहली बार मधुराष्टक की पंक्तियाँ सुनाईं तो उनके भक्ति-विगलित हृदय के अदृष्ट आनंदाश्रु की अनुभूति उनके साथ मुझे भी हुई। आज तक वह क्षण मेरी स्मृति में रचा-बसा है, किंतु इस समय तक पंडित जसराज के दिव्य संगीत का अवतरण ग्रामोफोन रिकार्ड पर नहीं हुआ था, कैसेट और सीडी का जन्म तो दूर, उनका गर्भाधान भी नहीं हुआ था। अब मैं प्रतिदिन पंडित जसराज का दिव्य संगन हवेली संगीत सुनता हूँ तो मेरी माँ की छवि और उनकी भक्ति से अभिभूत चेतना मेरे अंतस्तल में व्याप्त हो जाती है। उपकरण बदले हैं, किंतु बदले हुए उपकरण भी परंपरा का सक्षम निर्वाह ही नहीं कर रहे हैं बल्कि उन परंपराओं को विस्तार भी दे रहे हैं। इस विषय का उपसंहार करते हुए पाठकों के साथ दिव्य मधुराष्टक एवं गीतगोविंद का अलौकिक रस बाँटना होगा, क्योंकि ऐसा दिव्य प्रसाद अकेले नहीं लिया जाता। मधुराष्टक एवं कविवर जयदेव का अद्‌भुत शब्दविन्यास संस्कृत भाषा की अनूठी देन है, जिसे कृतज्ञता से स्मरण करना चाहिए—

मधुराष्टक का शब्द सौष्ठव सगुण साहित्य की अद्‌भुत उपलब्धि है। सृष्टि के सौंदर्य और कृष्ण के नख-शिख के माधुर्य में महाप्रभु निमग्न होकर कहते हैं— "मधुराधिपते अखिल मधुरम्।" मैं जब पंडित जराजजी का मधुराष्टक गायन सुनता हूँ तो सार्वभौम मधुरता में डूब जाता हूँ। महाप्रभु की अर्चना में गिरिराज गोवर्धनधारी का सगुण नख-शिख वर्णन है तो कविवर जयदेव के गीतगोविंद में राधातत्त्व का साम्राज्य है, प्रीत्ति का संवाद है, कलि का नृत्य है, रास का उल्लास और उत्सव है, मिलन और विरह का गीत है, शृंगार का चरम है।

शृंगार का चरम तो गीतगोविंद में भी है, किंतु वहाँ शृंगार में कृष्ण और राधा का शृंगारोत्सव लौकिक उपादान से सुसज्जित है। महाकवि जयदेव का गीतगोविंद प्रबंधकाव्य के रूप में उत्तान शृंगार का अप्रतिम उदाहरण है। कवि राधा के भक्त थे या कृष्ण के, यह निर्णय अनावश्यक है, क्योंकि उनके

काव्य में राधा और कृष्ण का एकात्म तत्त्व ही प्रस्तुत हुआ है। कोमलकांत पदावली में और शृंगार की अगणित अद्‌भुत मुद्राओं, भंगिमाओं और अनंग की उद्‌दाम एवं उद्‌दीप्त कामनाओं का यह काव्य सगुण भक्तिकाव्य में शृंगार का शिखर माना गया है, जिसमें राधा, गोप स्त्रियाँ, कृष्ण ऐसे मानवीय परिप्रेक्ष्य में देखे जाते हैं कि हम भ्रम में पड़ जाते हैं कि क्या यह ईश्वरीय आराधना है या कि मनुष्य की दैहिक लालसाओं की अभिव्यक्ति। इसी परिप्रेक्ष्य को लेकर पूर्व प्रधानमंत्री स्व. चरण सिंह ने एक बार मेरे समक्ष प्रश्नों की झड़ी लगा दी। वे आर्य समाजी प्रतिबद्धताओं के व्यक्ति थे, मुझसे उनके निकट के संबंध थे। कहने लगे, ऐसी विलासिता, ऐसे लंपट प्रसंग, ऐसे परपत्नी प्रसंग, ईश्वरीय आराधना के अंश के रूप में स्वीकार करना दुराचार को प्रोत्साहन देना होगा। मैंने उनको सांकेतिक एवं प्रतीकात्मक अभिव्यक्ति का तर्क बताकर आत्मा और परमात्मा की लीला के बारे में लाख सफाई देनी चाही, किंतु चौधरी चरण सिंह के सीधे-सपाट तर्क के सामने सांकेतिक प्रतीकात्मक रूप का टिकना दुष्कर था। गोपियों के वस्त्र छिपा देने का और निरावरण गोपियों का वस्त्र माँगने का प्रकरण श्री चौधरी साहब के गले नहीं उतरा।

राधा की कथा का आविर्भाव कब हुआ, रुक्मिणी और सत्यभामा कहाँ, कैसे, क्यों विलीन और विलुप्त हो गईं, गोपिकाओं के साथ रास-विलास के प्रसंग कब चल पड़े, कब राधारानी रासलीला के केंद्र में समुपस्थित हुईं, इसे अभी तक सुनिश्‍चित रूप से नहीं बताया जा सका है, किंतु कई कृष्णभक्तों को यह जानकर आश्‍चर्य हो सकता है कि राधा को परम ब्रह्मतत्त्व भी माना गया है और कृष्ण को प्रेम में लालायित पुरुष के रूप में भी देखा गया, किंतु मूलतः अध्यात्म लीला के सगुण इहलोक में सारे समीकरण गड्‌ड-मड्‌ड हो गए प्रतीत होते हैं, क्योंकि कृष्ण को बार-बार 'गोपस्त्री परिवेष्टितो' कहा गया है। उद्धव के संवाद में आध्यात्मिक प्रतीक स्पष्ट होता है, किंतु महाकवि जयदेव के गीतगोविंद के अंतरंग वातावरण में

प्रविष्ट होकर भी हमें उनकी प्रत्येक अष्टपदी में कृष्ण, राधा और गोपियों का रति-विलास ही दिखाई देगा, मादक उन्माद ही दृष्टिगोचर होगा। उसमें अद्‌भुत साहित्यिक सौंदर्य है। शब्दविन्यास की अपूर्ण दक्षता है, किंतु अध्यात्म का स्पर्श कठिन और दुष्कर है। उनकी प्रत्येक अष्टपदी में वही मादक ऐंद्रिक स्पर्श मिलता है। एक अष्टपदी में कविवर जयदेव लिखते हैं—

ललितलवंगलता परिशीलन—कोमल मलय समीरे
मधुकर निकरकरम्बित को किलकूत्रितकुञ्ज कुटीरे
विहरति हरिरिह सरसवसन्त
नृत्यति युवतिजनेन समसखि विरहिजनस्य दुरन्ते।

इससे भी अधिक उत्तान श्रृंगार का उल्लेख करते हुए अपूर्ण रतिवासना एवं रतिभोग का उल्लेख करते हुए कविवर जयदेव कृष्ण के अन्य स्त्रियों के साथ भोग-संभोग की स्पष्ट अभिव्यक्ति में संकेत प्रतीक और रूपक खो जाते हैं। एक के बाद एक पद में कवि ने जैसे पूरा कामशास्त्र अंकित-चित्रित किया है। वे लिखते हैं—

किसलयशयन निवेशि तया चिरमुरपि भमैव शयानम्
कृत परिरम्भपा चुम्बनया परिरभ्य कृतीधरिपानम्

सखि हे केशिमथन मुदारं रमय मयासह मदन मनोरथ भावितया सविकारम् यद्यपि कवि ने राधा की आराधना लौकिक विषयों से चिकत्त को निवृत्त एवं पवित्र करनेवाली शक्ति के रूप में की है, मुग्ध एवं स्निग्ध मधुसूदन स्पष्टतः कामार्त, कामोद्‌दीप्त एवं कामार्थी प्रतीत होते हैं। राधा भी कृष्ण के अन्या के साथ रति-विलास का संदेह करते हुए सोचती है—

हरिपरिरम्भणवलित विकारा
कुचकल शोपरितरलित हारा
कापि चपला मधुरिपुणा

क्षुब्ध है राधा, क्रुद्ध एवं संतप्त है राधा, आशंकाओं से और कृष्ण के अन्या के साथ रतिविलास से दुःखी है राधा, रूठी हुई है राधा। फिर श्रीकृष्ण

राधा को मनाते हैं, मनुहार करते हैं, मानिनी राधा की चाटुकारिता करते हैं, इसके रूप-सौंदर्य की प्रशंसा और प्रशस्ति करते हैं। आद्योपांत गीतगोविंद में रति-विलास सांगोपांग आख्यान है। शायद तब तक दिव्यदंपती के रतिविलास पर पुराने प्रतिबंध शिथिल हो चुके थे, शायद तब तक उमा-महेश्वर के भोग-संभोग की काव्याभिव्यक्ति के लिए कालिदास के अभिशप्त होने की कथा-किंवदंती विस्मृत हो चुकी थी। गीतगोविंद भक्ति का प्रबंध काव्य है, किंतु मुझे लगता है कि इसमें सूक्ष्म अध्यात्म से अधिक रति-विलास का, कामनाओं का, भोग-संभोग और मिलन तथा विप्रलंभ का काव्य है। यही प्रबंध काव्य रीतिकालीन काव्य के रूप में परिणत हुआ—नायिका-भेद एवं रति और रीति का संगम बनकर प्रकट हुआ। इसमें कोई संशय नहीं कि जयदेव ने जो शब्दविन्यास दिया, वह अद्वितीय था।

यद्यपि आज के पाठक को जयदेव के गीतगोविंद में देह का रतिविलास अधिक दिखाई देता है तथापि रचयिता कविवर जयदेव ने इसकी रचना एवं कल्पना सरस हरिस्मरण के लिए ही की थी। वे स्वयं लिखते हैं—

यदि हरिस्मरणे सरसं मनो
यदि विलास कलासु कुतूहलम्
मधुर कोमलकान्त पदावलीम्
श्रृणु तदा जयदेव सरस्वतीम्॥

अपने आपको उन्होंने राधा का उत्कृष्ट सेवक बताते हुए कहा—

वाग्देवता चरितचित्रित चित्तसद्मा
पद्मावती चरण चारण चक्रवर्ती
श्री वासुदेव रति केलि कथा समेत
मेतं करोति जयदेव कविः प्रबन्धम्॥

□

विधि-शिक्षा और अनुसंधान

यदि हमारे देश में शिक्षा और विधि अनुसंधान ने जड़ता की स्थिति ग्रहण कर ली है और यदि विधि-व्यवसाय ने हमारे राष्ट्रीय जीवन की मुख्यधारा में अपनी प्रभुता खो दी है तो हमें मुक्त भाव से यह स्वीकार करना चाहिए कि इसके लिए अधिकांश दोष हमारा ही है। लगता है मानो हमने 'पिदरम सुल्तान बूद'* का दृष्टिकोण अपना लिया है। कुछ हद तक हम बाहर की दुनिया के तुमुल कोलाहल से दूर अपने आत्म-परितोष के सीमित दायरे में चक्कर काटते रहे हैं, हमारे ऊपर अपनी व्यावसायिक सफलता का नशासा चढ़ रहा है और हम अपनी नियति का साक्षात्कार करने से चूक गए हैं।

विधि-शासन के प्रति समर्पित लोकतंत्रात्मक शासन प्रणाली में विधि और विधि-व्यवसाय की भूमिका उतनी ही व्यापक होती है जितना कि स्वयं जीवन। हमारे समाज में विधि का कार्य है सामाजिक जीवन में आशा और वास्तविकता के बीच अनवरत तथा अधिकतम संतुलन बनाए रखना। विधिवेत्ताओं, न्यायाधीशों और विधि-शिक्षकों का कर्तव्य है कि वे अपने-अपने ढंग से इस संतुलन की प्रामाणिक व्याख्या करें, दूसरों को उसकी शिक्षा दें और उसकी रक्षा करें।

हाल ही में उच्चतम न्यायालय के कतिपय निर्णयों पर सार्वजनिक

रूप से काफी वाद-विवाद हुआ है। इस वाद-विवाद में जो प्रश्न निहित हैं, उनका सारी जनता से संबंध है और इसलिए उनमें सभी लोगों की दिलचस्पी है। इस तरह के वाद-विवाद का न तो गला घोंटने की आवश्यकता है और न उससे मुँह चुराने की। लेकिन यदि उद्देश्य यह हो कि न्यायपालिका की अवमानना की जाए अथवा संविधान ने उसे जो प्रतिष्ठा प्रदान की है, उस पर आक्षेप किया जाए, तो हमें इस प्रकार की कुचेष्टा का प्राणपण से विरोध करना चाहिए।

अपनी सांविधानिक प्रणाली में न्यायपालिका की भूमिका पर बल देने और इसकी अत्यधिक श्लाघा करने का अर्थ यह कदापि नहीं है कि न्यायाधीशों के निर्णयों में कभी कोई गलती ही नहीं होती। न्यायिक प्रक्रिया से हम व्यापक रूप से यही आशा कर सकते हैं कि विधियों का निर्वचन तथा प्रयोग तर्कसम्मत तथा वस्तुपरक रीति से हो और उसका विकास व्यवस्थाबद्ध रीति से हो सके। हम न्यायिक प्रणाली के प्रति इसलिए अपनी निष्ठा व्यक्त करते हैं, क्योंकि हमें इसका कोई और श्रेष्ठ विकल्प ज्ञात नहीं है। न्यायिक प्रणाली की अपनी कमियाँ हो सकती हैं, परंतु ऐसा नहीं कि उन्हें दूर न किया जा सके। वास्तविकता तो यह है कि व्याख्या और न्याय-निर्णय की शक्ति कहीं-न-कहीं तो निहित होगी ही और हम अपने दीर्घ अनुभव के आधार पर यह जानते और स्वीकार करते हैं कि इसका न्यायपालिका में निहित होना ही संभवत: सबसे अच्छा है।

जिन लोगों का दावा है कि न्यायाधीश केवल संविधान की सीधे-सादे शब्दों में व्याख्या मात्र करते हैं और कुछ नहीं, वे लेखक की विनम्र सम्मति में बहुत ही भोले-भाले हैं। इसमें कोई संदेह नहीं कि न्यायिक प्रक्रिया में अनेक महत्त्वपूर्ण विकल्प निहित होते हैं। न्यायमूर्ति कार्डोजो ने स्पष्ट ही कहा है—

> ‘‘हममें से प्रत्येक व्यक्ति को अपने जन्म, शिक्षा, व्यवसाय या संयोगों के कारण जिस वर्ग में स्थान मिल जाता है, उस वर्ग की

भावना ही प्रायः उसके लिए युग-धर्म बन जाती है। इन अवचेतन निष्ठाओं की जड़ें बड़ी गहरी होती हैं और हम चाहे कितना ही जोर लगाएँ और मन को कितना ही बदलने का प्रयत्न करें, इन जड़ों को काटना मुश्किल होता है।''

संभवतः इस आत्मपरक तत्त्व से पूरी तरह निरपेक्ष हो पाना मनुष्य के वश का नहीं है। लेकिन प्रशिक्षित और स्वतंत्र न्यायपालिका कुछ सीमा तक वैयक्तिक रुचि-अरुचि और राग-विराग से ऊपर उठने का एकमात्र विश्वस्त माध्यम है। न्यायमूर्ति कार्डोजो के अविस्मरणीय शब्दों में—

''न्यायाधीश स्वतंत्र होते हुए भी पूरी तरह से स्वतंत्र नहीं होता। वह जब चाहे तब नया रास्ता नहीं निकाल सकता। वह ऐसा यायावर भी नहीं है जो अपने आदर्श 'शिव' या 'सुंदर' के संधान में जहाँ चाहे विचरण करे। उसे प्रतिष्ठित सिद्धांतों से ही प्रेरणा ग्रहण करनी होती है। उसका कर्तव्य है कि वह क्षणिक भावनाओं तथा अस्पष्ट तथा अनियंत्रित उदारता के प्रवाह में न बह जाए। उसे तो पग-पग पर अपने विवेक का प्रयोग करना होता है, जो परंपरा से पोषित हो और दृष्टांतों से सुयोजित; जिसमें एक पद्धति का अनुशासन हो और जिसका दीक्षा मंत्र हो—सामाजिक जीवन में व्यवस्था की रक्षा।''

बीसवीं शताब्दी में विधिशास्त्र के सबसे बड़े व्याख्याता डीन रोस्को पाउंड का कथन है—

''यह सच है कि न्यायाधीश किसी वैधिक दृष्टांत का किस प्रकार प्रयोग या उसकी व्याख्या करता है, इस पर उसके व्यक्तित्व की तो छाप रहती ही है। लेकिन अपने अन्य सहयोगी न्यायाधीशों की भाँति वह भी विधि की परंपरा में प्रशिक्षित होता है। इस परंपरा में पगे हुए न्यायाधीशों से हम आशा करते हैं कि किसी दृष्टांत के प्रयोग या व्याख्या की उनकी पद्धति एक सी होती है और अनुभव से सिद्ध

होता है कि वह मूलतः एक सी होती भी है। तथाकथित यथार्थवादी को अपने सिद्धांत के लिए सामग्री दो ही स्थितियों में प्राप्त होती है। एक तो तब जब परंपरा स्पष्ट और सुनिश्चित न हो और युक्तियुक्तता के मानक का प्रयोग करना पड़ जाए और दूसरे तब जब विधान की नए अस्पष्ट आदर्शों के आलोक में व्याख्या करनी हो। न्यायाधीश को इन दोनों ही स्थितियों में युक्तियुक्तता की कसौटी लागू करनी पड़ती है। जो न्यायाधीश देश-विधि की परंपरा में अच्छी तरह पले होते हैं, उनकी वैयक्तिक, सामाजिक या आर्थिक पृष्ठभूमि अथवा स्वभाव कैसे भी हों, वे एक ही स्वर में बोलते हैं।''

संभवतः भारत में न्यायाधीशों के विसम्मत और परिवर्तित निर्णय अन्य देशों की अपेक्षा अधिक होते हैं, लेकिन कुल मिलाकर डीन पाउंड के विचार ऐसे नहीं हैं जो भारतीय संदर्भ में लागू न हो सकें अथवा जो उसमें असंगत लगते हों। हमारी न्यायपालिका को जिस विकट अग्नि परीक्षा का सामना करना पड़ रहा है, वह यह है कि युक्तियुक्तता की कसौटियों को किस प्रकार विकसित किया जाए और किस प्रकार उन्हें लागू किया जाए। भारतीय संविधान का मूलमंत्र है—'युक्तियुक्तता'। विधायी कार्यक्रमों और प्रशासनिक कार्यों की 'युक्तियुक्तता' तथा वैधता का निर्धारण करते समय न्यायाधीशों को अडिग साहस का परिचय देना चाहिए, लेकिन विधायी सत्ता की स्वायत्तता के प्रति उचित सम्मान की भावना के साथ।

इसी प्रसंग में न्यायिक आत्म-संयम के सिद्धांत का उल्लेख भी आवश्यक है। न्यायाधीशों के आत्म-संयम का यह अभिप्राय नहीं है कि वे अपनी आत्मा की आवाज को दबा दें अथवा अपने उत्तरदायित्वों से विमुख हो जाएँ। हमारी न्याय-प्रक्रिया में उच्चतर न्यायालयों का यह कार्य भी अंतर्निहित है कि वे विधि का पुनराख्यान करें और उसमें नए सिरे से प्राण फूँकें। अतः कुछ सीमा तक न्यायाधीश को न्यायिक विधि का निर्माण करना ही पड़ता है, इसके बिना उसकी गति नहीं। हमारे युग के एक महान्

विधिवेत्ता न्यायमूर्त्ति कार्डोजो को यह स्वीकार करना पड़ा था कि न्यायाधीश अपने जोखिम पर विधि-निर्माण का कार्य करता है। तथापि उन्होंने यह भी कहा था—

> "न्यायाधीश के लिए इस विधान का निर्माण करना आवश्यक तो है ही, यह उसका कर्तव्य भी है और इसी से न्यायाधीश इस उच्चतम सम्मान का अधिकारी बनता है। कोई भी निर्भीक और ईमानदार न्यायाधीश न अपने कर्तव्य से विमुख होता है, न जोखिम से डरता है।"

इसमें कोई संदेह नहीं कि न्यायिक पुनरीक्षण के कार्य से न्यायपालिका की जिम्मेदारी बहुत बढ़ जाती है और न्यायाधीश को चाहिए कि जहाँ तक संभव हो, वह अपनी व्यक्त या अव्यक्त संवेदनाओं को अपनी निर्णय-प्रक्रिया के बीच न आने दे। न्यायमूर्ति होम्स ने इसी तथ्य को सौम्यतापूर्वक इन शब्दों में रखा था—

> "स्पष्टतः हमें भी यह सीखने के लिए शिक्षा की आवश्यकता है कि हम अपने विश्वासों की जकड़ से किस प्रकार मुक्त रह सकते हैं और क्रांति के विस्फोट को रोकने के लिए अपनी प्रिय-से-प्रिय धारणाओं तक को विधि के सुव्यवस्थित परिवर्तन द्वारा तिलांजलि दे सकते हैं।"

संविधान को बहुधा प्रतियोगी हितों और विरोधी तत्त्वों की रणभूमि कहा जाता है। इन संघर्षों के प्रमुख निर्णायकों के नाते न्यायालयों को यह बात याद रखनी चाहिए कि संविधान विभिन्न विचारधाराओं और विविध दृष्टिकोणों के लोगों के लिए निर्मित किया गया है। न्यायपालिका को इन विरोधी विचारधाराओं और विभिन्न दृष्टिकोणों के बीच उचित संतुलन का निर्वाह करना चाहिए। उसे चाहिए कि वह न्यायिक शक्ति का उसकी उचित सीमाओं से आगे प्रयोग न करे, लेकिन अपने कर्तव्य का पालन करने के

लिए उसे जिस सीमा तक इस शक्ति का प्रयोग करने की आवश्यकता हो, उस सीमा तक उसका प्रयोग करने से डरे भी नहीं।

न्यायिक पुनरीक्षण की सीमाएँ कठोरता से और सदा के लिए निर्धारित नहीं की जा सकतीं। न ही हम कार्यपालिका और विधानमंडल के उन प्रेरणा-स्रोतों को ही नष्ट कर सकते हैं, जिनसे उनके कार्यों में प्राणशक्ति और गतिशीलता का संचार होता है। यह बात स्पष्ट है और स्वयंसिद्ध भी कि सामाजिक और आर्थिक परिवर्तनों के प्रति समर्पित कर्मठ कार्यपालिका और प्रयोजनशील विधानमंडल के बिना हमारा काम नहीं चल सकता। साथ ही जनता की विश्वासभाजन और स्वतंत्र न्यायपालिका के बिना भी हम अपना काम नहीं चला सकते। न्यायिक पुनरीक्षण भी हमारे लिए अनिवार्य है। यदि एक ओर न्यायपालिका और दूसरी ओर विधानमंडल तथा कार्यपालिका के बीच लंबे समय तक तथा तीव्र संघर्ष चला तो इससे हमारी सांविधानिक प्रणाली की नींव हिल जाएगी। आज राष्ट्र के सम्मुख रचनात्मक कार्य के एक ऐसे वातावरण का निर्माण करना है, जिसमें पारस्परिक विश्वास की भावना पल्लवित हो। संविधान ने न्यायपालिका और विधानमंडल को जो-जो भूमिकाएँ प्रदान की हैं, उन्हें ठीक-ठीक समझा जाए और विधायी तथा न्यायिक प्रक्रमों में संयम तथा सहनशीलता से काम लिया जाए। लोकतंत्रात्मक राज्य में हमें विधानमंडल और न्यायपालिका दोनों की अतियों से बचकर एक ऐसे बुनियादी सौहार्द की रचना का प्रयत्न करना चाहिए, जिसमें राज्य के विभिन्न अंग एक-दूसरे के प्रति सहज विश्वास और उदारता की भावना से प्रेरित हों। कुछ लोगों की युक्ति है कि जब उच्चतम न्यायालय विधानमंडल अथवा कार्यपालिका के कृत्यों को अवैध करने के लिए अपने पूर्ववर्ती निर्णयों को ही उलट देता है, तब इस सौहार्द और विश्वास का आधार डगमगा जाता है और उसमें दरारें पड़ जाती हैं। यह बात बिलकुल स्पष्ट है और इससे इनकार नहीं किया जा सकता कि देश की विधि में आनेवाले उतार-चढ़ावों से असुविधा होती है, परंतु परिवर्तन के प्रति सर्वथा उदासीन

न्यायालय की हठधर्मी आकस्मिक आत्मशुद्धि की असुविधाओं से कहीं अधिक भारी पड़ती है। पूर्वोदाहरण आगे बढ़ने के लिए सोपान बनने चाहिए, गले के पत्थर नहीं। हमारे लिए संभवत: यह निर्णय करना अधिक उचित होगा कि जब तक न्यायपीठ का दो-तिहाई बहुमत समर्थन न करे तब तक न तो कोई संविधि अवैध की जाएगी और न कोई पूर्ववर्ती निर्णय बदला जाएगा।

लेखक राज्य के विभिन्न अंगों के बीच विश्वास और सौहार्द के इस वातावरण को बनाए रखने का कट्टर समर्थक है और उसका विचार है कि इससे सांविधानिक संतुलन की स्थापना होगी तथा पारस्परिक विवाद, जो कभी अंत होने का नाम न ले, समाप्त हो जाएगा। लेकिन केवल इस अकेले उपाय से हमारे देश में न्यायिक, विधायी और प्रशासनिक न्याय की गुणवत्ता में परिवर्तन नहीं हो सकेगा। मेरी सम्मति में यह सबसे महत्त्वपूर्ण कार्य है और इसे दुर्भाग्य ही समझा जाएगा कि इतने सारे वर्षों में यह हमारे राष्ट्र की कार्य-सूची में एक उपेक्षित विषय बना रहा है।

हमारी न्याय-व्यवस्था अनम्य, तकनीकी, सुस्त और खर्चीली है। मेरी विनम्र सम्मति में इस समय देश में जनसाधारण के जीवन को प्रभावित करनेवाले जटिल विधान का जिस विपुल परिमाण में निर्माण हो रहा है, उसकी विकट चुनौतियों का सामना करने की शक्ति हमारी न्याय-व्यवस्था में नहीं है। हमारी न्याय-व्यवस्था में अनेक दोष हैं और जनसाधारण को न्याय प्राप्त करने में अनेक कठिनाइयों का सामना करना पड़ता है। हमें इन कमियों को दूर करने के लिए प्रशासनिक न्याय के सहायक साधनों तथा उपादानों की प्रबल आवश्यकता है। इससे न्याय शीघ्रता से सुलभ हो सकेगा और प्रशासनिक स्वेच्छाचारिता की समस्या भी सुलझ जाएगी। इसमें कोई संदेह नहीं कि हमारी राजनीतिक व्यवस्था के अंतर्गत न्यायालय निश्चित ही, हमारे स्वातंत्र्य के दुर्ग में विधि शासन के अभिरक्षक हैं, परंतु हमें इसकी प्राचीरों को अभेद्य रखने का प्रयास करना चाहिए और स्वतंत्रता और न्याय

के लिए नई तथा अधिक प्रभावी रक्षा पंक्तियों का निर्माण करने में संकोच नहीं करना चाहिए। यदि हम न्यायिक न्याय के परंपरागत क्षेत्रों को एक ओर छोड़ दें, तब भी न्यायालयों की वर्तमान क्रियाविधियाँ इतनी दुरूह और विवाद-मूलक हैं, उनमें इतनी अधिक औपचारिकताएँ और कानूनी दाव-पेंच हैं, उनमें प्रक्रिया-संबंधी उलझनों का ताना-बाना इतना पेचीदा है कि न्यायालय प्रशासनिक न्याय-निर्णय के वाद-विवादों के मूल तत्त्व तक तो पहुँच ही नहीं सकते। उधर प्रशासनिक न्याय-निर्णय में न्यायिकता का पर्याप्त पुट नहीं है और वह प्रशासनिक पूर्वग्रहों से ग्रस्त रहता है। हमें न्यायिक न्याय और प्रशासनिक विवेक के गुणों का संश्लेषण करते हुए इन दोनों की खामियों से बचना चाहिए। इसमें कोई संदेह नहीं कि हमारे देश में न्यायपालिका ने समस्त प्रशासनिक न्याय निर्णय का प्रबंध और विनियमन करने के लिए दूरगामी महत्त्व के मार्गदर्शी सिद्धांतों का निर्धारण किया है, परंतु अब समय आ गया है कि हम प्रशासनिक न्याय की विशद् प्रणाली की संभाव्यता और वांछनीयता पर विचार करें। हमारी यह प्रशासनिक न्याय-व्यवस्था प्रशासनिक कार्य-विधि विषयक एक व्यापक संविधि के आधार पर संचालित होनी चाहिए और उच्चतर स्तरों पर उसका सूत्र उच्च न्यायालयों के न्यायाधीशों, वरिष्ठ विधिवेत्ताओं तथा शीर्षस्थ प्रशासकों के हाथों में केंद्रित होना चाहिए। इसके शिखर पर फ्रांस की राज्य परिषद् (कॉन्सील दी ऐता) या उच्चतम न्यायालय के न्याय-विभाग जैसी किसी संस्था का निर्माण करना उचित होगा, जिसमें प्रशासनिक प्रक्रम के विशिष्ट ज्ञान से संपन्न व्यक्ति हों और जो सारे विवादों को भिन्न, अपेक्षाकृत अनौपचारिक तथा लचीली क्रियाविधियों द्वारा जल्दी-जल्दी निबटा सकें। कुछ लोगों का विचार है कि शिखर पर राज्य-परिषद् जैसी संस्था से युक्त प्रशासनिक न्यायाधिकरणों की व्यवस्था का ओम्बुद्समान या लोकपाल-लोकायुक्त प्रणाली से, जिसे हम संघीय स्तर पर अपनाने ही वाले हैं, मेल नहीं बैठेगा। एक ऐसे व्यक्ति के नाते, जिसने अपनी संसद् में पहली बार ओम्बुद्समान प्रस्ताव का प्रवर्तन

किया, इसे इसका भारतीय नाम प्रदान किया और इसके लिए संसद् का आशीर्वाद तथा अनुमोदन प्राप्त किया, लेखक नि:संकोच रूप से यह कह सकने की स्थिति में है कि 'राज्य-परिषद्' ओम्बुद्समान प्रणाली के साथ सफलतापूर्वक निभ सकती है और इससे ओम्बुद्समान-प्रणाली की कार्य-कुशलता और प्रभावशीलता पर कोई आँच नहीं आने पाएगी तथा न ही इससे, उसकी बुनियादी योजना पर ही कोई आघात होगा।

विधि संबंधी विलंब और मुकदमेबाजी पर खर्च की समस्या बहुत ही विकट रूप धारण कर चुकी है और यह हमारी न्याय प्रणाली के लिए भी एक खतरा बनती जा रही है। अमरीकी न्यायालयों में विलंब का जिक्र करते हुए और यह भारतीय प्रणाली की तुलना में नगण्य है, मुख्य न्यायाधिपति अर्ल वारेन ने सन् १९०२ में कहा था—

> "...आज संघीय न्यायालयों में जो देरी होती है और वहाँ अनिर्णीत मुकदमों का जो दम घोंटनेवाला अंबार सा लग गया है, उससे एक विकट समस्या उत्पन्न हो गई है। इसका एक नागरिक को कितना और कैसा न्याय प्राप्त हो, इस पर प्रतिकूल प्रभाव पड़ता है।"

यदि हम इसकी भारतीय न्याय-व्यवस्था से तुलना करें तो ज्ञात होगा कि भारत में मुकदमों का निर्णय होने में इतनी देरी लग जाती है, मुकदमों पर खर्च इतना अधिक होता है और न्यायालयों की फीस इतनी ज्यादा और साधारण व्यक्ति की पहुँच के बाहर है कि उसे न्यायालयों से न्याय प्राप्त होने का विश्वास नहीं रह गया है। एक वर्ष पूर्व, केंद्रीय गृह मंत्री ने यह रहस्योद्घाटन किया था कि ३१ दिसंबर, १९६९ तक देश के १६ उच्च न्यायालयों में ३,८३,००० मुकदमे अनिर्णीत पड़े थे और इनमें से १,४०,३६७ मुकदमे दो साल से अधिक पुराने थे। इसकी तुलना में उच्चतम न्यायालय में केवल १७५९ मुकदमे ही दो वर्ष से अधिक पुराने थे।

न्यायालयों में इन विलंब के कारण सुविज्ञात हैं। पिछले वर्षों में हमारी

जनसंख्या में तो अपार वृद्धि हुई है, लेकिन न तो न्यायाधीशों की संख्या ही इसके अनुपात में बढ़ी है और न उनके कार्य-दिवस ही। नए मुकदमे बहुत अधिक संख्या में प्रारंभ किए जा रहे हैं। हमारे न्याय की रूढ़, पुरातन और जीर्ण-शीर्ण प्रक्रियाओं का अनावश्यक विलंब करने में बड़ा योग होता है; न ही हम इसमें वकील को पूर्ण रूप से दोष मुक्त कर सकते हैं। फिर अपीलों तथा संशोधनों का एक न खत्म होनेवाला सिलसिला शुरू हो जाता है। हमारे यहाँ फौजदारी के मुकदमों को अनावश्यक रूप से बहुत लंबा कर दिया जाता है। ये ऐसे कारण नहीं हैं, जिन्हें हटाया न जा सके या जिनमें सुधार न किया जा सके। मेरे विचार में सबसे अधिक महत्त्वपूर्ण बात तो यह है कि हमें न्यायाधीशों को नियुक्त करने की पद्धति में सुधार करना चाहिए। यह आवश्यक है कि स्वतंत्रता और कुशलता की रक्षा करने के लिए न्यायाधीशों के वेतनों और उनकी सेवा-निवृत्ति के पश्चात् की सेवा उपलब्धियों में पर्याप्त सुधार किया जाए और यह एक ऐसा सौदा है, जिसमें किसी स्वतंत्र और लोकतांत्रिक देश को कभी कोई घाटे की संभावना नहीं हो सकती। इनमें से शायद कुछ सुधार तो ऐसे हैं, जिनके माध्यम से हम न्यायालयों में होनेवाली देरी की समस्याओं को सुलझा सकेंगे। लेकिन न्याय-प्रशासन और व्यावसायिक संगठन की शताधिक समस्याएँ ऐसी हैं, जिनके समाधान के लिए हमें विधि के क्षेत्र में सुधार के व्यापक और दूरगामी कार्यक्रमों को लागू करना होगा। यदि संगठित विधि-व्यवसाय के हम लोग अपने व्यवसाय का सुधार नहीं करते और जनसाधारण विशेषकर, मुवक्किलों के हित को ध्यान में रखकर इस बात का प्रमाण नहीं देते कि हमें भी समाज की चिंता है और हम उसके प्रति अपनी जिम्मेदारी को समझते हैं, तो ऐसे परिवर्तनों के पक्ष में अनेक दबाव उत्पन्न हो सकते हैं और वे जोर पकड़ सकते हैं, जो हमारी परंपराओं और परिपाटियों के अनुकूल न हों। विधि-व्यवसाय के लिए यह विचार करना आवश्यक है कि न्यायिक और प्रशासनिक न्याय की प्रक्रिया, विधि-सुधार और विधि-व्यवसाय के संगठन के क्षेत्र में अधिक

कुशल और प्रभावी भूमिका का निर्वाह करने के लिए वह अपने आपको किस प्रकार तैयार करे। विधि-व्यावसायिकों को इस बात का भी विचार करना चाहिए कि विधि-व्यवसाय का बिंब क्यों इतना विकृत हुआ है और इसे कैसे चमकाया जा सकता है? विधि-व्यवसाय को इस बात की ओर ध्यान देने की भी विशेष रूप से आवश्यकता है कि प्रतिभाशाली लोग विधिशास्त्र के अध्ययन में प्रवृत्त हों, विधि-व्यवसाय में प्रवेश उचित रूप से विनियमित हो, प्रशिक्षण के लिए उपयुक्त तथा सार्थक अवसर सुलभ हों और विधि-व्यवसाय में प्रवेश करनेवाले तरुणों के साथ सहृदयता तथा सहानुभूति का व्यवहार किया जाए। ऐसा न हो कि वे आज के मरणांतक जीवन-संघर्ष में नितांत एकाकी पड़ जाएँ और उनके प्राणों पर ही आ बने। सबसे बड़ी बात यह है कि हमें व्यावसायिक संगठन के प्रतिरूप पर नई दृष्टि से विचार करना चाहिए, सोचना चाहिए कि हम कैसे इसका अभिनवीकरण कर सकते हैं, कैसे इसमें कार्यकुशलता ला सकते हैं?

मेरे विचार में अब वह समय आ गया है जब हम सुपात्र अकिंचनों को स्वैच्छिक आधार पर निःशुल्क वैधिक सहायता और मंत्रणा देने की दिशा में अग्रसर हों और साथ ही जोर-शोर से यह माँग उपस्थित करें कि जो लोग अपनी साधनहीनता के कारण अपने वैधिक अधिकारों और दावों से वंचित हो जाते हैं, राज्य उन्हें वैधिक सहायता और मंत्रणा देने के राष्ट्रव्यापी कार्यक्रमों का आयोजन करे। हमारे यहाँ सामाजिक विधान का बाहुल्य है और अकिंचन तथा दलित वर्ग के लिए और उनकी ओर से एक के बाद एक दावे प्रस्तुत किए जा रहे हैं। जब तक निर्धनों को विधि के साधन उपलब्ध नहीं होते और जब तक वे विधि के द्वार तक नहीं पहुँचते तथा सामाजिक विधान के लाभ नहीं उठा सकते, तब तक हमारे सारे विधायी प्रयास व्यर्थ होंगे और सरकार का यह दावा भी व्यर्थ होगा कि वह निर्धनों के कल्याण के लिए कृतसंकल्प है। इस व्यंग्योक्ति को दुहराना तो बड़ा घिसापिटा सा है कि न्यायालयों के द्वार तो सभी के लिए खुले हुए हैं—ऐसे ही जैसे कि रिट्ज

होटल के द्वार। मुख्य न्यायाधिपति ह्यूज के शब्दों में—"जब तक निर्धनों को विधियों का समान संरक्षण प्राप्त नहीं होता, स्वतंत्रता के वरदान की बातें करना बेकार हैं।" मैं यहाँ अमरीकी उच्चतम न्यायालय के सहयोगी न्यायाधीश न्यायमूर्त्ति श्री ब्रेनन के इन अविस्मरणीय शब्दों को उद्धृत करने का मोह संवरण नहीं कर सकता। उनके शब्दों में—

> "मानव मन को अन्याय की रिसती भावना से अधिक और कुछ नहीं सालता। रोग को हम सहन कर सकते हैं, पर अन्याय का शिकार होने पर हमारी इच्छा होती है कि हम सबकुछ भस्म कर दें। जब विधि का लाभ केवल अमीर लोग ही उठा सकें, मानो विधि उनके लिए विलास की वस्तु हो और जिन गरीबों को उनकी सबसे अधिक आवश्यकता है, वे उसे इसलिए नहीं पा सकें कि उनके पास उसकी कीमत चुकाने के लिए पैसा नहीं हो, तब लोकतंत्र के भविष्य के लिए खतरा काल्पनिक नहीं रहता, वह पूरी तरह सजीव हो उठता है, क्योंकि लोकतंत्र का जीवन न्यायतंत्र की इस प्रभाविता पर निर्भर है कि प्रत्येक नागरिक का उसकी निष्पक्षता और सदाशयता में विश्वास हो तथा वह उससे लाभ उठा सके।"

यह प्रतिज्ञा तो अव्यक्त रूप से हमारे संविधान में भी अंतर्विष्ट है और हमें अपने देश में इसको पूरा करना है। हमारे संविधान में विधि के समक्ष समता और विधियों के समान संरक्षण के अधिकार सुरक्षित किए गए हैं, परंतु यह समता तब तक काल्पनिक रहेगी जब तक कि हम जनसाधारण के लिए विधि सहायता सेवाओं की उपलब्ध्धि के आधार पर समान न्याय को सुरक्षित नहीं कर लेते। आज भी मेग्नाकार्टा का यह संदेश हमारे कानों में गुंजित होता है कि "हम किसी व्यक्ति को न्याय और अधिकार से वंचित नहीं करेंगे, न ही हम किसी को इनका विक्रय करेंगे और न ही हम किसी को इनकी प्राप्ति में देरी होने देंगे"।

विधि सहायता और परामर्श सेवाओं के व्यापक राष्ट्रीय कार्यक्रम पर

आधारित समान न्याय के अविचल दावों को अब हम न तो अधिक समय के लिए टाले रख सकते हैं और न उन्हें अस्वीकार ही कर सकते हैं।

अपने देश में विधि व्यवसाय के वास्तविक व्यवहार, स्वरूप और सामाजिक उत्तरदायित्वों पर विचार करते समय अमरीकी बार एसोसिएशन की नियमावली की प्रस्तावना हमारे लिए विशेष रूप से उपयोगी है—

> "जहाँ न्यायालयों तथा सरकारों के सारे विभागों की स्थिति जनता के अनुमोदन पर निर्भर हो, वहाँ न्याय-व्यवस्था का संगठन और संचालन इस रीति से होना आवश्यक है कि लोगों का उसकी ईमानदारी और निष्पक्षता में पूरा विश्वास बना रहे। वह उस समय तक संभव नहीं है जब तक कि हमारे व्यवसाय के आचरण तथा प्रेरक तत्त्व सभी न्याय निष्ठ लोगों को मान्य प्रतीत न हों।"

विधि-शिक्षा और अनुसंधान के क्षेत्र में कुछ विधि विद्यालयों को अपवाद स्वरूप छोड़कर मात्र सीमांत परिवर्तन और अनिच्छापूर्वक सुधार हुए हैं। समय-समय पर कई सिफारिशें की गई हैं, जिन्हें सावधिक नियमितता से विभिन्न सभा-सम्मेलनों में स्वीकार भी किया गया है, परंतु सचेतन और योजनाबद्ध परिवर्तन की दिशा में कोई उल्लेखनीय प्रयास अथवा कार्य नहीं किया गया है। डीन कार्ल बी. स्पीथ ने मार्च, १९६० में आलेखित अपने प्रारूप ज्ञापन में लिखा है कि विधि-शिक्षा और अनुसंधान के क्षेत्र में मुख्य समस्या यह है कि देश के राजनीतिक और शैक्षिक नेता विधि प्रशिक्षण के सुधार संबंधी प्रस्तावों को बहुत कम महत्त्व देते हैं। कुछ वर्ष पूर्व इस दिशा में भारत के मुख्य न्यायाधिपति ने उपक्रम किया था, परंतु वह सफल न हो सका। उस मृतजात उपक्रम का उद्देश्य विधि-शिक्षा के सुधार के लिए एक परिषद् की स्थापना करना था। इसके पश्चात् विश्वविद्यालय अनुदान आयोग ने एक समिति की नियुक्ति की थी। यद्यपि उस समिति को नियुक्त हुए काफी समय बीत चुका है, परंतु अब भी विश्वविद्यालय अनुदान आयोग की ओर से न तो कोई सिफारिश ही प्रकाश में आई है और न ही कोई काररवाई।

दुर्भाग्यवश, न तो भारत की बार कौंसिल और न ही राज्यों की बार कौंसिलों ने हमारे देश में विधि-शिक्षा और अनुसंधान का पुनरीक्षण करने का बीड़ा उठाना स्वीकार किया है तथा न वे उसके गुणात्मक सुधार की दिशा में ही कुछ प्रयत्न कर सके हैं। कुल मिलाकर विधि-शिक्षा और अनुसंधान निष्क्रियता और अनिर्णय के बंदी रहे हैं। कई लोग विधि विद्यालय में बिताए गए समय को सीमित और सीमांत उपयोगिता का समय समझते हैं। सामान्य यह विश्वास किया जाता है कि विधि विद्यालय विधि में व्यावसायिक प्रशिक्षण प्रदान करने की दिशा में कोई उल्लेखनीय योगदान नहीं कर पाते हैं और कोई व्यक्ति वास्तव में अपने प्रशिक्षण और शिक्षण का आरंभ उसी समय करता है जबकि वह किसी वरिष्ठ अधिवक्ता के अधीन कार्य करना आरंभ करता है। यह खेदजनक परिस्थिति है, क्योंकि इसमें कोई संदेह नहीं है कि हमारे देश की विधि प्रक्रिया के सुधार अथवा विकार में विधि न्यायालयों की महत्त्वपूर्ण भूमिका है। मेरे विचार में विधि-शिक्षा और अनुसंधान के गुणात्मक सुधार की दिशा में भगीरथ प्रयत्न करने और उसे सुनिश्चित दिशा देने की आवश्यकता है। विधि शिक्षक के लिए उपलब्ध बौद्धिक वातावरण, अनुप्रेरणाओं और सुविधाओं की ओर विशेष ध्यान देने की अपेक्षा है। विधि पाठ्यक्रमों का आयोजन कुछ इस प्रकार होना चाहिए, जिससे अध्येताओं को अनुसंधान की प्रेरणा प्राप्त हो। गुणात्मक सुधार को दृष्टि में रखते हुए विधि-पाठ्यक्रम में प्रवेश सावधानीपूर्वक विनियमित किया जाना चाहिए। विधि पाठ्यक्रमों में संभावी प्रवेशकों के लिए अवर स्नातक स्तर पर विशेष पाठ्यक्रमों को दृष्टि में रखते हुए, विधि पाठ्यक्रमों में संभावी प्रवेशकों के लिए अवर स्नातक स्तर पर विशेष पाठ्यक्रमों का निर्माण करने की आवश्यकता है। नई पाठ्यचर्याओं और नए पाठ्यक्रमों का प्रवर्तन किया जाना चाहिए। विधि के स्नातक को अपने लिए नए क्षेत्रों की गवेषणा करनी चाहिए और उसे न्यायालय कक्ष तक ही सीमित नहीं रहना चाहिए। विधि के क्षेत्र में कुछ नए संयुक्त पाठ्यक्रमों का आयोजन किया जाना चाहिए जैसे कि विधि और

व्यापार–प्रशासन, विधि तथा अन्य सामाजिक विज्ञान, विधि और लेखापरीक्षा तथा विधि और इंजीनियरी आदि। इन पाठ्यक्रमों से विधि–स्नातकों की कार्यक्षमता में सुधार होगा तथा वे जीवन के विविध क्षेत्रों में अच्छे ढंग से अपनी रोजी कमा सकेंगे। विधि संकायों को विस्तार पाठ्यक्रमों का भी आरंभ करना चाहिए। हमारे विधि शिक्षकों और विधि विद्यालयों को क्षेत्रीय अनुसंधान और अंतर्शास्त्रीय अध्ययन करने के लिए प्रोत्साहित किया जाना चाहिए, ताकि वे अपने चारों ओर के सामाजिक और आर्थिक यथार्थ को अधिक गहराई से आत्मसात् कर सकें। लेखक के विचार में प्रत्येक विश्वविद्यालय में एक विधि और समाज अध्ययन केंद्र होना चाहिए, जो कि विधि के सामाजिक विज्ञानों से संबंधित पक्ष और दृष्टिकोण को संवर्धित कर सके और ऐसी विचारधारा उत्पन्न कर सके, जिसे हम पलायनवादी और एकांगी न कह सकें। लेखक के विचार से विधि विद्यालय के लिए यह भी आवश्यक है कि वह छाया न्यायालयों का प्रवर्तन करे, अपनी पत्रिकाएँ प्रकाशित करे और सबसे अधिक महत्त्वपूर्ण बात यह है कि विधि सहायता केंद्रों की स्थापना करे। छाया न्यायालयों से विद्यार्थियों को अपनी विधिक प्रतिभा के विकास में सहायता मिलेगी और वे विधि को, उसकी बहुमुखी जटिलताओं को, दार्शनिक गहराई से हृदयंगम कर सकेंगे। पत्रिकाओं से उनकी बौद्धिक दृष्टि विस्तृत होगी और वे विश्लेषण तथा संकल्पनाओं के सिद्धांतीकरण की कला में पारंगत हो सकेंगे। विधि सहायता कार्यक्रमों से उन्हें विधि प्रक्रमों का ज्ञान प्राप्त होगा और वे निर्धनों की समस्याओं को ठोस तरीकों से समझ सकेंगे।

विधि–अनुसंधान का सामाजिक समस्याओं से संबंध होना भी अत्यंत आवश्यक है। यदि भारत में शैक्षिक विधिवेत्ता को उसका उचित स्थान प्राप्त नहीं हुआ है, यदि उसे वह मान्यता और प्रतिष्ठा नहीं मिली है, जिसका वह अधिकारी है तो इसका कारण यह है कि हमारे देश में उस उच्चस्तरीय सैद्धांतिक विधि–साहित्य का अभाव है, जो न्यायाधीशों तथा विधिवेत्ताओं

के चिंतन को समान रूप से प्रभावित कर सके। मुझे आशा है कि आगामी दो दशकों में यह स्थिति काफी बदल जाएगी, लेकिन यह तभी हो सकेगा जबकि विधि के शिक्षक और अध्यापक ध्येयनिष्ठ होकर अपने साधन जुटाएँगे और अपने हृदय में अनुसंधान के मूल्य तथा महत्त्व के प्रति आस्था की ज्योति जलाकर इस दिशा में अग्रसर होंगे।

हम यह कहते कभी नहीं अघाते कि हमारा व्यवसाय गरिमापूर्ण है। न्यायमूति होम्स ने अपनी लयमय वाणी में कहा है—

> ''ऐसा हर व्यवसाय बड़ा है जिसे बड़प्पन से किया जाए। लेकिन ऐसा कौन सा और व्यवसाय है जिसमें आत्मिक शक्ति के इतने सहज प्रवाह की अनुभूति होती हो? ऐसा और कौन सा क्षेत्र है जिसमें जीवन की धारा में इतने गहरे गोते लगाने का अवसर मिलता हो, साक्षी और कर्ता दोनों के दृष्टिकोण से जीवन के आवेगों और संघर्षों, आशाओं और निराशाओं की अनुभूति प्राप्त होती हो? जब मैं विधि पर इस रूप में विचार करता हूँ, तो मुझे एक राजकुमारी के दर्शन होते हैं, जो अपने ताने-बाने में सुदूर अतीत की धूमिल आकृतियों को अनवरत बुनने में तल्लीन हो। ये आकृतियाँ इतनी धूमिल होती हैं कि उन्हें आलसी, तंद्रिल आँखें देख ही नहीं पातीं, ये इतनी प्रतीकात्मक होती हैं कि साधकों के अतिरिक्त और कोई उन्हें न समझ सकता है और न समझा सकता है। लेकिन पैनी दृष्टि के आगे वह सारे कष्टपूर्ण प्रयत्न और संसार को हिला देनेवाले संघर्ष उजागर कर देती है, जिनके द्वारा मानव जाति आदिमकालीन एकांत से सावयव सामाजिक जीवन की दिशा में जूझते-जूझते अग्रसर हुई है।''

विधि में महाकाव्य के तत्त्व पाए जाते हैं और खंड-काव्य के भी। वह विचारों और संस्थाओं, तर्क और अनुभव, आशाओं और निराशाओं की पतन अभ्युदयमयी युगयुगीन यात्रा से परिचित कराता है। मैं आपके सम्मुख विधि का एक रूमानी चित्र नहीं रखना चाहता। दुर्भाग्यवश, इस समय हमारे

देश में परदोष-दर्शन, स्वार्थपरायणता और छिद्रान्वेषण की प्रवृत्ति बहुत जोरों पर है। हमारा पतन पीड़ादायक है और हमने अपने कर्तव्यों के प्रति उदासीन दृष्टिकोण ग्रहण कर लिया है। लेकिन कभी-कभी ऐसे क्षण भी आते हैं, जब प्रत्येक विधिवेत्ता जीवन-नाटक में अपनी भूमिका के वैभव पर दृष्टिपात कर सकता है और सत्य की साधना तथा विधि और न्याय की महत्ता स्थापित करने में अपनी जागरूक भूमिका को सराह सकता है। ये क्षण विजय और सिद्धि के होते हैं। इस संबंध में जॉन एच. विग्मोर ने ठीक ही कहा है—

> ''विधिवेत्ताओं के लिए विधि के बारे में सबसे महत्त्वपूर्ण सचाई यह है कि वह एक व्यवसाय है'''व्यवसाय के रूप में विधि का भावन इस प्रकार किया जाना चाहिए कि वह सफलता से व्यापारिक मानकों की उपेक्षा करता है और उसका विशेष कर्तव्य है राज्य के न्याय की सिद्धि में सहायता देना। वह एक प्रकार का प्रायोगिक विज्ञान है, जिसका भली प्रकार ज्ञान प्राप्त करने के लिए वैज्ञानिक प्रशिक्षण की आवश्यकता है। इस प्रकार यदि विधि को व्यवसाय के रूप में अलग कर दिया जाता है तो फिर इसकी कुछ अपनी परंपराएँ और अपने कुछ सिद्धांत हैं। विधिवेत्ताओं के लिए आवश्यक है कि वे इन सिद्धांतों को आत्मसात् करें और इनके अनुसार आचरण करें।''

□

मन के अंदर का भय

वास्तव में प्रत्येक व्यक्ति के जीवन में भय का उद्गम और उद्वेग भिन्न परिस्थितियों एवं उपकरणों से होता है। इसलिए भय मात्र एक स्थूल भाव भी हो सकता है और एक अत्यंत अंतरंग वैयक्तिक अनुभूति भी। किसी जानवर से या हिंसा से भयभीत होना एक बात है, भूत-प्रेत से भयभीत होना दूसरी बात और अंदर-ही-अंदर अपने मन के किसी विचार या विकार से भयभीत होने की प्रतीति एक नितांत भिन्न बात है। मैं भिन्न-भिन्न तरीकों से भयभीत हुई हूँ, किंतु मुझे सदैव यह लगता रहा है कि मैं सबसे अधिक भयभीत तब होती हूँ जब कोई अपराध-बोध मेरे मन को उद्वेलित करने लगता है। बात चाहे संस्कार की ही हो, परंतु जब-जब मेरे द्वारा किसी दूसरे के प्रति जाने-अनजाने में अन्याय हुआ है या जब-जब मैंने किसी दूसरे व्यक्ति के लिए बुरा सोचा है तब-तब मैं अपराध-बोध के भाव से भयभीत हो उठी हूँ।

एक प्रसंग मेरे मन को अभी भी जब-तब सालता है। एक व्यक्ति नियमित रूप से, कभी अपनी पत्नी की बीमारी का तो कभी अपने बेटे या बेटी की चिंताजनक स्थिति का हवाला देकर मेरे पति से हर बार आर्थिक सहायता ले जाते थे। मैंने अपने पति से कहा भी कि ये सज्जन आपकी उदारता का नाजायज फायदा उठा रहे हैं; पर पति महोदय का उत्तर था कि

गरीबी और मध्यमवर्गीय संस्कार कुछ ऐसी विवशताएँ उत्पन्न कर देते हैं कि आदमी झूठ बोलकर ही अपना काम चलाने लगता है। ऐसी स्थिति में हमें चुपचाप उनकी मदद कर देनी चाहिए और इस पहलू पर अधिक नहीं सोचना चाहिए। मुझे मेरे पति के इस उत्तर से संतोष नहीं हुआ।

एक बार जब वे सज्जन मेरे पति की अनुपस्थिति में आर्थिक सहायता लेने घर आए तो मैंने उन्हें कुछ तीखे शब्दों में यह कह दिया कि अब से उन्हें आर्थिक सहायता नहीं मिलेगी, क्योंकि वे अकसर इधर-उधर की कहकर बहुत कुछ पा चुके हैं। वे सज्जन तो मेरी बातें सुनकर चुपचाप चले गए, किंतु उनके चेहरे पर एक ऐसा करुण भाव था, जिसमें सौ-सौ उपालंभ मुखर हो रहे थे। थोड़ी देर मैं दूसरे कामों में उलझी रही, पर रह-रहकर उस वृद्ध विपन्न व्यक्ति का निरीह चेहरा मेरी आँखों के सामने घूमने लगा। इस संदर्भ में मेरे पति के कहे वे शब्द भी मेरे अपराध-बोध को और भी घनीभूत करने लगे। मेरा मन इस अपराध-बोध के कारण आकुल-व्याकुल सा रहने लगा। मुझे लगने लगा कि एक ओर तो उन वृद्ध सज्जन के अभावग्रस्त जीवन की दैनदिंनी का दैन्य था ही और दूसरी ओर मेरे तीखे शब्दों की कटुता ने उन्हें बुरी तरह तोड़ दिया होगा। मुझसे नहीं रहा गया। दो दिन पश्चात् ही मैंने उन्हें बुलवाया, उनसे क्षमा माँगी, उनके लिए नियमित सहायता का प्रबंध किया, तभी जाकर मेरे मन के संताप को सांत्वना मिली। मुझे लगा कि अपने अपराध-बोध का भय किसी दूसरे स्थूल भय से कई गुना अधिक एक झंझावात की तरह मन को झकझोर देता है और जब तक उस भय का समाधान न हो, मन निर्मल, स्थिर और निश्चिंत नहीं हो सकता।

मैं पत्नी से डरता हूँ

मैं जीवन को अभय की साधना मानता हूँ। अब तक मैं अपने आपको बहुत हद तक निर्भीक, निर्भय व्यक्ति मानता रहा हूँ, किंतु आपके प्रश्न ने फिर से मुझे सोचने के लिए बाध्य किया है। मेरा पहला उत्तर तो यह है कि मैं आपके प्रश्न से ही कछ भयभीत हुआ हूँ। अब जो मुझे कहना होगा

वह सच के सिवा कुछ नहीं हो सकता और वह सच यह है कि मैं अपनी श्रीमतीजी से अपने को अवश्य भयभीत पाता हूँ। बहुत अरसे पहले अमरीका में दीवाल पर टाँगने का एक ताम्रपत्र मैंने खरीदा था। उसमें लिखा था कि इस घर में पति की राय अनिवार्यत: इस घर में व्यवस्थापक की राय नहीं है। तब यह मनोरंजक चुटकुला-सा लगा, पर अब लगता है कि पत्नी की 'सत्ता' एक आधारभूत सत्य है, जिसे स्वीकारने के सिवाय कोई विकल्प नहीं हैं। यह एक सांत्वना का विषय है कि दांपत्य जीवन में पति का पत्नी से भयभीत होना एक सत्य है, विशेषत: 'शांति प्रिय' पुरुषों के जीवन में शायद यह सुखद-सभ्य दांपत्य की पहली शर्त हैं। महात्मा तुलसीदास ने यह समझकर इसकी घोषणा की होगी कि भय बिना प्रीति नहीं हो सकती। प्रीति और परिवार के प्रति अनुराग ही बहुधा पत्नी से भयभीत होने का कारण होता है, किंतु उस भय का बरगद इतना विस्तृत होता है कि उसे उदाहरणों और संस्मरणों में नहीं बाँधा जा सकता, न उसे परिभाषित ही किया जा सकता है।

घर में देर से पहुँचे तो पत्नी प्रश्नवाचक प्रतीक्षा का भय, भोजन में परहेज या अनियमितता न रहे तो श्रीमती जी के नि:शब्द रोष का भय, सुबह ठीक समय पर उठकर सैर पर न जाने से कठोर अनुशासन का भय, उनके वेश अलंकार की प्रशस्ति में कोई भूल-चूक हो जाने से उनकी उदासी का भय, किसी सामाजिक अवसर या मनोरंजन में सम्मिलित न हो सकने पर या विलंब से जाने पर उपालंभ या सुतीक्षण वाग्बाणों का भय, सामान या किताब-कागज अस्त-व्यस्त रखने पर उनके आँखें तरेरने का भय, विदेश उन्हें न ले जाने पर सविनय (?) अवज्ञा आंदोलन या सत्याग्रही अनशन का भय। ये तो भय के नखचित्रों के दृष्टांत मात्र हैं, पूरी तालिका बनाना असंभव सा है। इन सब प्रकार की भयावह स्थितियों को जोड़कर जो मानचित्र बनता है, उसे आजीवन 'आपातकालीन स्थिति' की संज्ञा दी जा सकती है।

वास्तव में भय किसी घटना या व्यक्ति की वस्तु के प्रति एक प्रतिक्रिया भी है और उससे पूर्व की स्थिति भी। भय बहुधा मनुष्य और समाज के संचित अनुभव पर आधारित होता है। एक पुरानी कहावत के अनुसार, राजा, अग्नि, योगी और जल (प्रलय) से डरते रहना चाहिए। पत्नी में अग्नि की तरह जलाने की, राजा की तरह कुपित होने की, योगी की तरह अभिशाप देने की और उद्याम जल-प्रवाह में सब कुछ बहा देने की क्षमता पाई जाती है। कोशकार ने इसलिए 'लय' और 'प्रलय' में थोड़ा सा ही अंतर रखा है।

□

अदालत पर पलटवार उचित नहीं

उच्चतम न्यायालय के न्यायाधीशों की 'बौद्धिक कमी और कमजोरी' पर मेरे पुराने मित्र राम जेठमलानी द्वारा जारी किए गए वक्तव्य को एक फतवे का दर्जा दिया जा रहा है। यह फतवा राम जेठमलानी द्वारा उस केस को लेकर दिया गया है, जिसमें राम स्वयं आरोपी एवं अपीलार्थी के वकील थे। राम एक विलक्षण योग्यता से संपन्न वकील हैं, किंतु अदालत में उनकी बहस यदि उनके फरीक को नहीं बचा सकी, तो अदालत पर उनका पलटवार करना स्पष्टत औचित्य की मर्यादा का अतिक्रमण है। उन्होंने स्वयं स्वीकार किया है कि अपने सुदीर्घ वकालती जीवन में अदालत की इस प्रकार की तीखी आलोचना उन्होंने केवल दो बार की है। मतलब यह कि वे आदतन ऐसे आरोप नहीं लगाते। यदि वे आदतन ऐसा नहीं करते और केवल एक बार पहले ऐसा कर चुके हैं, तो यह भी इस बात का प्रमाण है कि इस बार उन्होंने न्यायपालिका पर जो आक्रमण किया है, उसमें औचित्य कम है और निजी गुस्सा ज्यादा। आखिर तीन अदालतों ने उनके मठाधीश मुवक्किल के आरोपित अपराधों के बारे में सर्वसम्मति से एक ही फैसला दिया। राम जेठमलानी यदि अदालत में अपनी बात को मनवाने में असफल रहे, तो उस बहस को चौराहे पर ले आना नैतिक रूप से गलत है और अमर्यादित भी है।

यह स्मरणीय है कि किसी भी पक्ष का कोई वकील सदैव और अनिवार्यतः सही नहीं होता। मुझे पूर्व न्यायाधीश हरदयाल हार्डी का एक संस्मरण याद आता है। एक बार उनकी अदालत में बलात्कार और हत्या के मामले में एक आरोपी व अपीलार्थी हाजिर हुआ और बार-बार यह कहने लगा कि मुझे तो बस न्याय चाहिए। जब काफी देर तक वह यही बात दुहराता रहा, तब न्यायमूर्ति हार्डी ने पूछा, बताओ तुम्हारा न्याय से क्या मतलब है? उसने कहा कि न्याय से मेरा मतलब है कि आप जैसे भी हो, मुझे बरी कर दें। वकील बहस करते हैं, मुवक्किल मुकदमे हारते और जीतते हैं, परंतु जब वकील मुकदमों की हार को अपनी निजी हार समझने लगते हैं, तब अस्वस्थ मानसिकता उभरती है। आधी शताब्दी से अधिक समय मैंने भी कानून के क्षेत्र में ही बिताया है। पुराने और नए, वरिष्ठ और कनिष्ठ, सब वकीलों के लिए यह जानना जरूरी है कि हम अपने सारे मुकदमे नहीं जीत सकते हैं। जो हारने चाहिए थे, कई बार वे मुकदमे भी जीते जाते हैं और जो जीतने चाहिए थे, वे हार जाते हैं। मुकदमों का कोई सुनिश्चित गणित और ज्योतिष भी नहीं होता। न्यायाधीश भी केवल भरसक कोशिश ही कर सकते हैं कि यथाशक्ति सही और न्यायोचित निर्णय दें। फैसले दोनों पक्षों को सुनकर और समझकर दिए जाते हैं। सुप्रीम कोर्ट ने राम जेठमलानी को अपना पक्ष प्रस्तुत करने का मौका दिया, इससे अधिक कोई अदालत क्या कर सकती है? हारनेवाले न्यायार्थी की आसक्त मानसिकता से जुड़ना अधिवक्ताओं के लिए उचित एवं स्वस्थ परंपरा नहीं कही जा सकती।

□

निर्वाचकीय अपराध और उनकी सजा

भारतीय दंड संहिता में एक अध्याय (९ क) निर्वाचकीय अपराधों के विषय में जोड़ा गया है। इस अध्याय में सामान्यतः निर्वाचकीय अपराधों की परिभाषा वही है जो जन-प्रतिनिधित्व अधिनियम में दी गई है। इस प्रकार भारतीय दंड संहिता के अध्याय ९क की धारा १७१ ख में रिश्वत की परिभाषा दी गई है; १७१ ग में अनुचित दवाब की व्याख्या की गई है। धारा १७१ घ के अनुसार, यदि कोई व्यक्ति चुनाव में किसी दूसरे जीवित या मृत व्यक्ति के नाम से या किसी जाली नाम से मतपत्र प्राप्त करने का प्रयत्न करे तथा जो कोई ऐसे किसी व्यक्ति का वोट डलवाने में या प्राप्त करने में सहायता दे, वह निर्वाचकीय छद्‌मधारण (इमपरसोनेशन) का अपराध होता है। रिश्वत, अनुचित दबाव और छद्‌मधारण के अपराधों के लिए एक साल तक के कारावास, जुरमाने अथवा कारावास एवं जुरमाने की सजा की व्यवस्था है। धारा १७१ छ के अनुसार, चुनाव-परिणाम पर असर डालने की मंशा से यदि कोई व्यक्ति किसी उम्मीदवार के व्यक्तिगत चरित्र अथवा आचरण के संबंध में जान-बूझकर असत्य वक्तव्य दे तो उसे जुरमाने की

सजा हो सकती है। यदि कोई व्यक्ति लिखित रूप से उम्मीदवार की सामान्य या विशेष अनुमति के बिना उम्मीदवार के चुनाव की संभावनाओं को बढ़ाने के लिए सार्वजनिक सभा अथवा विज्ञापन या प्रकाशन के निमित्त कोई व्यय करे या ऐसा व्यय प्राधिकृत करे तो उस पर भी पाँच सौ रुपए तक का जुरमाना किया जा सकता है। इस धारा के अनुसार, ऐसा कोई व्यय यदि १० रुपए से अधिक हो और उसके लिए व्यय की तारीख से १० दिन के भीतर यदि उम्मीदवार की लिखित अनुमति प्राप्त कर ली जाए तो इस प्रावधान के अंतर्गत उस व्यक्ति को दोषी नहीं ठहराया जा सकता। धारा १७१ ज (या छ?) युक्तियुक्त और तर्कसंगत नहीं प्रतीत होता और यह संभव है कि इसकी वैधता को सफलता के साथ चुनौती दी जाए। धारा १७१ झ के अनुसार, यदि कोई व्यक्ति, जिस पर चुनाव-व्यय रखने की जिम्मेदारी है, वह हिसाब नहीं रखता तो उस पर ५०० रुपए तक का जुरमाना किया जा सकता है। इन अपराधों के लिए जमानत मिल जाती है और बिना वारंट के इन अपराधों के लिए पुलिस किसी को गिरफ्तार नहीं कर सकती। इन अपराधों के लिए जाबूता फौजदारी के अंतर्गत सरकार की ओर से शिकायत प्रस्तुत होने पर ही विचार किया जा सकता है।

जन-प्रतिनिधित्व अधिनियम, १९५० की धारा ३१ और ३२ में मतदाता सूची के विषय में किए गए अपराधों के लिए कारावास की सजा की व्यवस्था है। धारा ३१ के अनुसार, यदि कोई व्यक्ति मतदाता सूची की तैयारी अथवा उसके संशोधन और पुनरीक्षण के विषय में या मतदाता सूची में किसी नाम को सम्मिलित करने या बहिर्गत करने के लिए जानबूझकर कोई झूठी लिखित घोषणा करे तो उसे एक साल तक के कारावास की सजा अथवा जुरमाने या कारावास और जुरमाने दोनों की सजा दी जा सकती है। यदि कोई निर्वाचन पंजीकरण अधिकारी अथवा उसका सहायक अधिकारी या अन्य कोई प्राधिकृत व्यक्ति मतदाता सूची की तैयारी और उसके संशोधन और पुनरीक्षण में अपने कर्तव्य के प्रतिकूल आचरण करे तो उसे पाँच सौ

रुपए तक के जुरमाने का प्रावधान है, यद्यपि ऐसे अधिकारी या कर्मचारी के विरुद्ध कोई अन्य कानूनी मुकदमा प्रस्तुत नहीं किया जा सकता।

जन-प्रतिनिधित्व अधिनियम १९५१ में भी कई निर्वाचकीय अपराधों की परिभाषा, उनकी व्याख्या और उनके लिए दंड की व्यवस्था है। धारा १२५ के अनुसार, यदि कोई व्यक्ति धर्म, मूल वंश, जाति, समुदाय अथवा भाषा के आधार पर भारत के नागरिकों के विभिन्न वर्गों के बीच वैमनस्य या घृणा की भावना फैलाने का प्रयत्न करे तो उसे ३ साल तक के कारावस की सजा दी जा सकती है। उस पर जुरमाना भी हो सकता है और कारावास तथा जुरमाना दोनों की भी सजा दी जा सकती है। मतदान की परिसमाप्तिं के ४८ घंटे पहले के समय में किसी सार्वजनिक सभा का आयोजन करना अथवा उसमें भाग लेना या उपस्थित रहना भी एक अपराध है और तदर्थ २५० रुपए तक का जुरमाना किया जा सकता है। धारा १२७ के अनुसार, चुनाव सभा में विघ्न डालना भी एक अपराध है, जिसके लिए २५० रुपए तक का जुरमाना हो सकता है। धारा १२७ (३) में यह प्रावधान है कि यदि कोई पुलिस अफसर उच्चित आधार पर किसी व्यक्ति पर यह शंका करे कि वह किसी सार्वजनिक सभा में विघ्न उपस्थित करेगा तो उस सभा के अध्यक्ष के कहने पर विघ्न डालनेवाले व्यक्ति का नाम और पता ले सकता है और यदि वह व्यक्ति अपना नाम और पता बताने से इनकार करे अथवा वह व्यक्ति यदि गलत नाम और पता दे तो पुलिस अफसर उस व्यक्ति को बिना वारंट भी गिरफ्तार कर सकता है। धारा १२७ क के अनुसार, किसी व्यक्ति को निर्वाचन के लिए ऐसा पोस्टर या परचा नहीं छापना या प्रकाशित करना चाहिए, जिस पर मुद्रक और प्रकाशक का नाम न हो। किसी व्यक्ति को कोई चुनाव पोस्टर या परचा तब तक नहीं छापना या प्रकाशित करना चाहिए जब तक कि प्रकाशक का प्रामाणिक परिचय उसे प्राप्त न हो। मुद्रण के बाद उचित अवधि में ऐसी घोषणा की एक प्रति और मुद्रित दस्तावेज की एक प्रति राज्य की राजधानी में मुख्य निर्वाचन अधिकारी को और अन्यथा जिला

मजिस्ट्रेट को भेजनी चाहिए। यहाँ मुद्रण का अर्थ व्यापक है और यदि किसी दस्तावेज की कई प्रतियाँ मुद्रण के अतिरिक्त किसी प्रक्रिया द्वारा निकाली जाएँ तो उसे भी मुद्रण ही समझा जाता है। यदि कोई व्यक्ति इन प्रावधानों की अवहेलना करता है तो उसे ६ माह तक के कारावास की सजा दी जा सकती है या २ हजार रुपए तक का जुरमाना उस पर किया जा सकता है अथवा कारावास और जुरमाना दोनों की सजा दी जा सकती है। धारा १२८ में मतदान की गुप्तता की सुरक्षा का प्रावधान है और प्रत्येक अधिकारी, क्लर्क, एजेंट और दूसरे व्यक्तियों को इस प्रावधान का हरण करने पर ३ माह तक कारावास की सजा या जुरमाने या दोनों की सजा दी जा सकती है। चुनाव अधिकारियों को निषेध है कि वे किसी उम्मीदवार की चुनाव संभावनाओं को बढ़ाने के लिए किसी प्रकार की सहायता दें। इस प्रकार पुलिस, सैन्य दल के सदस्यों का भी यह कर्तव्य है कि वे किसी को मतदान करने के लिए या मतदान से विरत करने के लिए अथवा मतदान को प्रभावित करने के लिए कोई कार्य नहीं करें। इन प्रावधानों की अवहेलना करने पर ६ माह तक के कारावास की सजा या जुरमाना अथवा कारावास और जुरमाना दोनों की व्यवस्था है। चुनाव के दिन मतदान-केद्रों में या उनके आस-पास चुनाव-प्रचार निषिद्ध है और इस प्रावधान के प्रतिकूल आचरण करने पर २५० रुपए तक का जुरमाना किया जा सकता है। धारा १३१ के अनुसार, मतदान के दिन मतदान-केंद्र पर या उसके आस-पास किसी ध्वनिप्रसारक यंत्र का प्रयोग नहीं करना चाहिए, न ऐसे स्थान पर हल्ला-गुल्ला या हंगामा करने की इजाजत है। इसकी अवहेलना करने पर ३ मास तक के कारावास की सजा का प्रावधान है। मतदान-केंद्र पर अनुचित आचरण का निषेध है और कानून का यह आदेश है कि निर्वाचन के अध्यक्षीय अधिकारी के विधि-सम्मत आदेशों का परिपालन करना चाहिए। इन प्रावधानों की अवहेलना करने पर कारावास की सजा या जुरमाना अथवा दोनों का प्रावधान है। विधि के प्रतिकूल चुनाव में वाहन किराए पर लेना भी एक अपराध है और उसके

लिए एक हजार रुपए तक का जुरमाना किया जा सकता है। यदि कोई सरकारी कर्मचारी किसी उम्मीदवार के लिए चुनाव एजेंट, मतदान एजेंट या गणना एजेंट का कार्य करे तो उसे ३ माह तक के कारावास की या जुरमाने की अथवा दोनों की सजा दी जा सकती है। मतदान केंद्र से फर्जी तौर पर मतदान पत्र हटाना भी एक अपराध है, जिसके लिए अपराधी को, या जान-बूझकर उसकी सहायता करनेवाले को एक साल तक के कारावास की या ५ सौ रुपए तक के जुरमाने की अथवा कारावास और जुरमाना दोनों की सजा दी जा सकती है। यदि मतदान के केंद्र के अध्यक्षीय अधिकारी को किसी आधार पर विश्वास हो जाए तो वह मतदान-पत्र हटानेवाले व्यक्ति को गिरफ्तार कर सकता है या पुलिस अधिकारी को उसे गिरफ्तार करने के लिए और उसकी तलाशी लेने के लिए आदेश दे सकता है। यदि कोई व्यक्ति नामांकन-पत्र को फर्जी तौर पर फाड़ देता है या उसकी लिखावट को मिटा देता है तो वह निर्वाचकीय अपराध का दोषी होता है। इसी प्रकार, मतदाता के साथ हस्तक्षेप करना भी एक अपराध है। यदि यह अपराध करनेवाला व्यक्ति निर्वाचन अधिकारी या सहायक निर्वाचन अधिकारी है या मतदान पर अध्यक्षीय अधिकारी है या सरकारी ड्यूटी पर काम करनेवाला कर्मचारी है, तो उसे २ साल तक के कारावास की सजा या जुरमाना अथवा दोनों की सजा दी जा सकती है; दूसरे किसी व्यक्ति को इसी अपराध के लिए ६ महीने के कारावास की सजा या जुरमाना अथवा कारावास और जुरमाना दोनों की सजा दी जा सकती है।

इन अपराधों के संबंध में जाबता फौजदारी के प्रावधान होते हैं, किंतु भारतीय दंड संहिता में लिखित अपराधों के विषय में काररवाई करने से पूर्व राज्य सरकार की अनुमति अनिवार्य है।

□

कानून और नागरिक

एकतंत्र और गणतंत्र में पहला फर्क यह है कि एकतंत्र में शासन और प्रभुत्व एक व्यक्ति का होता है और गणतंत्र में शासन तथा प्रभुत्व समूचे जनसमुदाय की सहमति पर आधारित कानून का होता है। इसीलिए हम कहते हैं कि हमारे गणतंत्र में व्यक्तियों का नहीं, कानून का आधिपत्य है। सब कानून के अधीन हैं, कानून के सामने सब समान हैं और सबके लिए कानून की सुरक्षा और संरक्षण भी समान है। यह सही है कि समानता के इस उदात्त आदर्श से हमारा वास्तविक यथार्थ बहुत दूर है, किंतु यही आदर्श हमारे सामुदायिक जीवन की सुनहली आशा है, हमारी गणतांत्रिक आशाओं का संबल है। यही आदर्श कानून की भूमिका और संभावनाओं को अनुप्राणित करता है।

एक पुरानी परिभाषा के अनुसार, कानून प्रभुसत्ता का समादेश होता है। हर नागरिक उस प्रभुसत्ता के आदेश और अनुशासन से अनुबंधित होता है। गणतंत्र में वह प्रभुसत्ता जनता और जनता के प्रतिनिधियों के हाथों में एक न्यास, एक ट्रस्ट के रूप में सौंपी जाती है। हमारे गणतंत्र में इसलिए कानून जनता के नुमाइंदों द्वारा बनाया जाता है, जनता के हित और जनता की रक्षा के लिए बनाया जाता है और इसलिए वह जनता का कानून होता है। मैं फिर सांविधानिक आदर्श की बात कर रहा हूँ, जहाँ हमारे जीवन का यथार्थ

आदर्श का अनुगामी नहीं रहता और परे-पीछे छूट जाता है, कानून उतना ही अपनी भूमिका से दूर हो जाता है।

कानून और नागरिक के बीच हर प्रक्रिया में, हर कदम पर एक अंतरंग संबंध होना चाहिए। हर कानून हमें इस कसौटी पर परखने के अधिकारों का अनुचित रूप से हनन नहीं करता, जनता के हितों की रक्षा करता है और समाज की मर्यादाओं और विवेकपूर्ण मान्यताओं की अवज्ञा नहीं करता। अकसर यह सवाल उठता है कि कोई पुराना या नया कानून हमारे संविधान के परिप्रेक्ष्य में वैध है या अवैध। दूसरे शब्दों में, हमारी व्यवस्था विधायिका से यह अपेक्षा करती है कि जो कानून बनाए जाएँ, वे विधिवत् बनाए जाएँ और संविधान-सम्मत हैं। यदि विधायिका कोई गलत कानून बनाए तो न्यायपालिका उस कानून को गैर-कानूनी करार दे सकती है। अगर कार्यपालिका किसी कानून को गैर-कानूनी तरीके से अमल में लाए तो उस पर भी निषेधाज्ञा जारी हो सकती है, किंतु जिस प्रकार नागरिक को अवैध कानून को चुनौती देने का अधिकार प्राप्त है उसी प्रकार वैध कानून की आज्ञा और उसके अनुशासन को मानने का भी हर नागरिक का कर्तव्य है। अधिकारों और कर्तव्यों के इसी ताने-बाने का नाम है संविधान। व्यक्ति-स्वातंत्र्य और सामाजिक मर्यादा के संतुलन का ही नाम है स्वराज। जहाँ कानून नागरिक के लिए हो और नागरिक कानून के लिए निष्ठा के साथ प्रतिबद्ध हो, वहीं सच्चे गणतंत्र की सार्थकता का बीज बोया जाता है।

आदर्श और यथार्थ के बीच जो खाई है, उसे पाटने के लिए कानून और नागरिक को नजदीक लाने की जरूरत है। आज तो अधिकांश लोगों को यह मालूम भी नहीं कि कानून कैसे बनते हैं, कानून क्या है और हमारे जीवन पर उनका कितना, क्या असर है। जनता पूरी तरह से अपने अधिकारों-कर्तव्यों से परिचित नहीं है, न यह अच्छी तरह से जानती है कि कौन सा कानून किस तरह और किस हद तक उनके लिए लाभप्रद है या नुकसानदेह।

हमारे देश की जनता का बहुत बड़ा भाग निरक्षर है, अशिक्षित है, किंतु हमारे जनमानस में अपना भला-बुरा समझने का एक माद्दा है। एक सहज विवेक भी है। हमें कानून को उनके खेत-खलिहान तक, उनकी चौपाल और उनके पनघट तक ले जाना होगा। कानूनी लोकशिक्षण एवं साक्षरता हमारी गणतांत्रिक व्यवस्था के लिए एक अनिवार्य शर्त है। इस प्रकार की लोकचेतना को जगाने के साथ-साथ हमारे देश के प्रबुद्ध वर्ग का यह कर्तव्य भी है कि वे अपनी आरामकुरसी छोड़कर और केवल कानूनी भाषा की सीमा को लाँघकर यह जाँच और विवेचन करे कि हर कानून का सामाजिक यथार्थ क्या है, उसका असर और किस-किस प्रकार होता है, कैसे कानून का दुरुपयोग होता है और कहाँ किस तरह कानून को नकारा जाता है। यह विवेचन लोकसभा और राज्यसभा के सामने आए, हमारे विधानमंडलों में, विश्वविद्यालयों में और अखबारों में आए तथा हम इस विवेचन के आधार पर एक सर्वसम्मत राय बनाएँ कि किस प्रकार, किस दिशा में कानून में सुधार और संशोधन करना चाहिए। हमारे गणतंत्र में कानून एक खुली किताब है। उसे पढ़ने और समझने का और उसमें रद्दोबदल के लिए जद्दोजहद करने का हक हम सबको हासिल है। तभी तो सही माने में कानून सिर्फ एक कागजी दस्तावेज ही नहीं रह जाएगा, बल्कि हमारी जिंदगी को नए सिरे से बनाने का तौर-तरीका बन जाएगा। कानून में सामाजिक न्याय के संवर्धन की सबसे स्थायी योजना लोक चेतना के निर्माण और संगठन में ही सन्निहित है, यह निःसंदेह सच है।

कानून में और कानून के माध्यम से इनसाफ की बुलंदी हो, इससे किसी को इनकार नहीं हो सकता। प्रश्न यह है कि हर नागरिक को कानूनी सहायता और कानूनी परामर्श किस प्रकार आसानी से पहुँचाई जाए। कानूनी जानकारी के लिए, कानूनी सहायता के लिए हमें आम नागरिक के दरवाजे पर दस्तक देनी होगी। एक लोक-अभियान होना चाहिए, जिसमें संगठित रूप से, निष्पक्ष रूप से और निरंतर लोक-चेतना का यह कार्यक्रम चलाया

जाए। वकील, अवकाशप्राप्त अधिकारी, व्याख्याता, शिक्षक, विद्यार्थी, सामाजिक कार्यकर्ता, सबको एकजुट होकर इस अभियान में भाग लेना चाहिए, तभी कानून समाज के नवनिर्माण में अपनी भूमिका निभा सकेगा। तभी कानून सामाजिक समस्याओं और चुनौतियों का समाधान दे सकेगा और सामाजिक न्याय का पक्षधर बन सकेगा। तभी कानून और नागरिक के बीच विश्वास का एक ऐसा रिश्ता कायम होगा कि जिसके आधार पर एक-दूसरे को आपस में बल मिलेगा। कानून तब हर गरीब और अमीर के लिए, हर विशिष्ट और सामान्य नागरिक के लिए बचाव का, सामाजिक प्रतिरक्षा का हथियार होगा। तब हर नागरिक कानून की रक्षा के लिए उद्यत होगा और हर कानून ईमानदार नागरिक की रक्षा के लिए प्रस्तुत और प्रेरित होगा।

हमारे देश की कानूनी व्यवस्था हमें स्थायित्व देती है, शांति के साथ समस्याओं को सुलझाने का अवसर देती है, किंतु कानून किसी रूढ़ि और स्थापित स्वार्थ को बचाने के लिए नहीं है। वास्तव में हमारे कानून को सामाजिक विकास का संवाहक होना चाहिए। इस प्रयोजन के लिए कानून के शब्द और कानून की भाषा पर्याप्त नहीं। उसके लिए लोकचेतना जरूरी है और कानून की सही तरीके से व्याख्या और उसका सही अमल भी उतना ही जरूरी है जितना कि उसका प्रारूप। कानून के प्रारूप के लिए सामाजिक संस्कार बनाना, सामाजिक परिवेश जुटाना केवल सरकार का कार्य नहीं, बल्कि हर नागरिक का कर्तव्य है। इस परिवेश और संस्कार के बिना कानून का सरजाम सतही रह जाता है, उसकी जड़ें गहरी नहीं जातीं। इसीलिए यह जानने और समझने की जरूरत है कि कानून केवल सरकार और शासन के बल पर नहीं चलते, न केवल किताब में लिखे शब्दों में उनका मंतव्य मूर्त होता है। कानून के लिए चाहिए सामाजिक चेतना, संस्कार, निष्ठा, विवेक और समाज का सहयोग।

एक अपराध होता है तो केवल पुलिस ही नहीं, नागरिकों का भी

कर्तव्य है कि वे मदद दें। कानून के कुप्रभाव होते हैं तो नागरिक का कर्तव्य है, उनके सुधार के लिए सुझाव दें। कानून अव्यावहारिक है या अनैतिक या शोषण और प्रपीड़न का जरिया बन गया है, तो नागरिकों का समवेत कर्तव्य है कि उसे दुरुस्त करने की कोशिश करें। हम सब अपने आपको असहाय पाते हैं, किंतु वास्तव में हम असहाय नहीं हैं।

हमारे देश में कानून का नाम लेते ही अदालत की तस्वीर आँखों के सामने उभरती है, किंतु अदालत कानून का सिर्फ एक अंग है। अन्यथा कानून सब जगह है, सर्वव्यापी है। जहाँ वह दिखाई नहीं देता, वहाँ भी है। हर संबंध में, हर क्रियाकलाप में, हर तरफ कानून हमें घेरे हुए है। कानून हमारा मित्र है, दुश्मन नहीं। दुश्मन वह तब हो जाता जब वह न्याय नहीं करता, अधिकारों का हनन करता है या समाज की रक्षा नहीं करता या गरीब की मदद नहीं करता। तब उससे भागने की जरूरत नहीं, बदलने की जरूरत होती है। समाधान हमें कानून से ही लेना होगा, नहीं तो सड़क पर उपद्रव तथा सरेआम हिंसा होगी। हमारी यह आस्था है कि कानून शरीर का कवच है, कल्याण का मंत्र है, विकास का यंत्र है।

आज हमारे अदालती न्याय में कानून की कुष्ठ विकृतियाँ और विसंगतियाँ ज्यादा दिखाई देती हैं। अदालतें कई बार जनता को अपने से बहुत दूर दिखाई देती हैं। अदालतों में देरीयों से और खर्चों से लोग परेशान नजर आते है। इन समस्याओं के लिए मुकम्मिल हल मौजूद है। उन्हें प्राथमिकता देनी होगी। आज मुकदमों के निर्णय में जितना विलंब हो रहा है उसे कम करना होगा। ठोस न्याय के लिए हमारी प्रक्रिया को माँजना होगा। यह हमारे देश के लिए गर्व का विषय है कि हमारा संविधान मानवीय मूल्यों पर आधारित है; हमारा कानून संविधान पर आश्रित है और उसमें लोकतांत्रिक निष्ठाओं के लिए तथा विधि के शासन के लिए बीच का सिंहासन आरक्षित है। यह भी संतोष का विषय है कि हमारी न्यायपालिका निष्पक्षता और स्वतंत्रता की परंपराओं और मर्यादाओं से प्रेरित है। आवश्यकता है तो इस

बात की कि हम कानून के रास्ते में खड़े अवरोधों को हटाएँ और कानून तथा न्याय को एक-दूसरे से अलग न होने दें। यदि हम कानून को न्याय के आधार पर चलाएँगे और कानून तथा न्याय की रक्षा के लिए प्रस्तुत होंगे, तो कानून और न्याय हमारे गणतंत्र की रक्षा करने में समर्थ होंगे।

□

वैदिक वाङ्मय का आधार हैं वेद संहिताएँ

इस व्याख्यान में नामोल्लेख द्वारा विपुल, विशाल और अगाध वैदिक वाङ्मय की पारिधिक परिक्रमा मात्र ही संभव हो सकती है, उसकी अतल गहराइयों में पैठना और असीम विस्तार तक पहुँचना संभव नहीं प्रतीत होता। संभव है तो केवल यही कि मैं वैदिक चिंतन, संस्कृति, परंपरा और विमर्श से जुड़े कुछ प्रश्न प्रस्तुत करूँ और उन प्रश्नों पर मेरे सीमित अध्ययन पर आधारित कुछ विचार व्यक्त करने का प्रयास करूँ।

वैदिक वाङ्मय की संपन्नता उसकी सुविकसित संपूर्णता में है। वेद संहिताओं से लेकर ब्राह्मण, आरण्यक, उपनिषद्, उपवेद, वेदांग, उपांग और स्मृतियों में जो साहित्य समाहित है, उसमें एक अखंड, अविभक्त, अंतर्धारा अनुस्यूत है; दृष्टि की समानता सर्वत्र सन्निविष्ट है; मूल्यों और मर्यादाओं की स्वर्णमंजूषा एक ही है। बल्कि श्रमण संस्कृति के साथ कुछ मूलभूत मतवैभिन्य के चलते भी पूरी परंपरा में मतभेद और मनभेद नहीं है। पुरातन भारतवर्ष में भारतीय सामाजिकता अभेद्य, अविचलित और अविच्छिन्न है। बल्कि अधिकांशतः इतिहास के कुछ प्रकरणों को छोड़कर मताभिमत को लेकर सम्यक्

संवाद है, प्रश्नाकुल शास्त्रार्थ है, सहज और सौम्य सौमनस्य है।

वैदिक वाङ्मय में संहिताएँ केंद्रस्थ हैं, प्रमुख हैं, स्रोत स्वरूप हैं। उनमें ऋक्, यजुस और साम को अधिक पुरातन और महत्त्वपूर्ण माना जाता रहा है। शतपथ ब्राह्मण (४.६.७.१) में कहा गया कि "त्रयी वै विद्या। ऋचो, यञ्जूषि समानीयम्।" किंतु ब्राह्मण ग्रंथों की परिभाषा में महर्षि पतंजलि ने कहा है—वैदिक वाङ्मय का आधार हैं वेदसंहिताएँ। वैदिक संहिताओं से ब्राह्मण ग्रंथों, आरण्यकों, उपनिषदों, वेदांगों एवं उपवेदों का अंतरंग संबंध है।

ऋग्वेद सबसे पुरातन वेद संहिता के रूप में विश्रुत है। ऋचाओं का यह संग्रह ईश्वरीय प्रशस्ति, स्तुति, प्रार्थना का संकलन है। कहा गया है कि "ऋच्यते, स्तूयते इति ऋक्। ऋग्वेद की २१ शाखाओं की चर्चा प्राचीन वाङ्मय में मिलती है। इसी प्रकार यजुर्वेद की १०१ शाखाओं का, सामवेद की १००० शाखाओं का और अथर्ववेद की ९ शाखाओं का उल्लेख उपलब्ध होता है। अधिकांश शाखाएँ लुप्त-विलुप्त हो चुकी हैं। उदाहरणत: ऋग्वेद एवं अन्य वेदों की केवल कुछ शाखाएँ ही अंशत: शेष हैं। कुछ शाखाओं के नाममात्र विदित हैं।

ऋक्संहिता में १०२८ सूक्त हैं। प्रत्येक सूक्त में लगभग पाँच-दस मंत्र या ऋचाएँ मिलती हैं। प्रत्येक सूत्र के देवता, ऋषि, छंद ज्ञात और उल्लिखित हैं। सूक्तों में स्तुतियाँ हैं, प्रार्थनाएँ हैं, इतिहास के संदर्भ और उल्लेख हैं, यज्ञ के विधि- विधान हैं, ज्ञान एवं विज्ञान का चिंतन और मंथन है, जीवन-शैली के आदेश, उपदेश और उद्बोधन हैं। ऋग्वेद में मुख्यत: और मूलत: 'सर्वज्ञ कल्पस्य योनि: कारण ब्रह्मा' का निर्वचन है। यजुर्वेद में यज्ञ विषयक सामग्री है। सामवेद संगीतबद्ध ऋचाओं का संग्रह है। अथर्ववेद में ब्रह्मा विद्या का प्रतिपाद्य है तो कृषि, आयुर्वेद, राजनीति जैसे लौकिक विषयों का संपादन भी अथर्ववेद को अथर्वांगिरस आयुर्वेद विषयक सूक्तों की बहुलता के कारण भी भैषज्यवेद कहा जाता है, तो छंदवैशिष्ट्य के

कारण छंदोवेद एवं पृथ्वी की विलक्षणता के वर्णन के कारण महीवेद भी कहा जाता है। प्रत्येक वेद से एक उपवेद संलग्न है—ऋक् से आयुर्वेद, यजुर्वेद से धनुर्वेद, सामवेद से गांधर्ववेद और अथर्ववेद से अर्थवेद। आयुर्वेद को चरक संहिता में अथर्ववेद का उपवेद माना गया है। ब्राह्मण ग्रंथों को वेदव्याख्यान की संज्ञा दी गई है। प्रत्येक वेद संहिता के साथ कुछ ब्राह्मण ग्रंथ जुड़े हुए हैं। उनमें से अधिकांश लुप्त और विस्मृत हो चुके हैं।

वाचिक परंपरा : संरचना और समय

वेदों की रचना कब और किसके द्वारा हुई? क्या वेद अपौरुषेय हैं? वैदिक वाङ्मय का उद्भव या अवतरण कौन सी जाति के साथ जुड़ा है? क्या वह किसी घुमंतू या आक्रामक जाति का साहित्य है? क्या वैदिक आर्य भारत में आक्रामक होकर आए और भारत से पश्चिम की ओर, यूरोप की ओर प्रयाण किया? क्या उन्होंने द्रविड़ों को पराजित किया, उन्हें दास बनाया और उन्हें दस्यु कहकर उल्लेख किया? क्या मोहनजोदड़ो और हड़प्पा वैदिककाल के पूर्व की या समकालीन या उत्तरवर्ती सभ्यताएँ थीं?

सभ्यता और संस्कृति की परिभाषा

वैदिक संस्कृति की पहचान क्या है? वैदिक चिंतन का मूलकेंद्र क्या है; वैदिक चिंतन की मूल चिंताएँ और अवधारणाएँ क्या हैं? वेद संहिताओं, ब्राह्मणों, आरण्यकों एवं उपनिषदों का संबंध क्या है।

ईश्वरकृत/जड़ और चेतन पुरुष और प्रकृति

वैदिक वाङ्मय में आस्तिक और नास्तिक की परिभाषाएँ वैदिक और श्रमण समीकरण।

ऋषि परंपरा, मुनि परंपरा

वैदिक और श्रमण संस्कृति में यज्ञ, कर्मकांड वेद और ज्ञान-विज्ञान की संस्कृति कृण्वन्तो विश्वं आर्यम् का अर्थ ऋत/सत्य/साधना वैदिक और अवेस्ता साहित्य में साम्य।

□

चरम आवेग के काम : कितने सही, कितने गलत?

चरम आवेग चौराहे की तरह है। यह आवेश, प्रतिरोध, संताप और दर्शन में बदल सकता है। इसकी सहज प्रकृति होती है कि यह 'वैक्यूम' में पैदा नहीं होता। इसकी भूमि मनुष्य का भाव होती है, जिसके ढेरों अनुभव और सामाजिक, राजनीतिक, मानवीय दृष्टिकोण होते हैं। इन सबको मिलाकर एक खास मन:स्थिति में इसकी उत्पत्ति होती है।

जरूरी नहीं कि आवेग तर्कसंगत और विवेकसंगत हो ही। यह तर्करहित और विवेकरहित भी हो सकता है, क्योंकि इसे अंतर्मुखी बनाना बहुत आवश्यक होता है। इसे बहिर्मुखी बना देने से समाज में तनाव, हिंसा, प्रतिरोध और वैमनस्य की स्थिति बन सकती है।

चरम आवेग की स्थिति कानून की दृष्टि से बहुत महत्त्वपूर्ण है, क्योंकि कई अपराध ऐसे होते हैं, जो आवेग के कारण किए जाते हैं। उन्हें कानून दूसरे नजरिए से देखता है, क्योंकि कोई पूर्व नियोजित मंशा अपराध करने में नहीं होती है।

इन अपराधों को क्षण भर का प्रमाद या पागलपन भी कहा जा सकता है। एक आदमी घर लौटता है और वह अपनी पत्नी को किसी अन्य व्यक्ति के साथ अश्लील स्थिति में पाता है। तब उसका मानसिक संतुलन नहीं रह पाता। वह उनमें से एक या दोनों को तत्काल मार डालता है। कई बार यह

समझना थोड़ा मुश्किल होता है कि अपराध चरम आवेग के कारण ही किया गया था या कोई पूर्व नियोजित दंडनीय मनस्तत्व भी इस अपराध के पीछे था। इसलिए चरम आवेग की अवधि को जानना जरूरी हो जाता है। यह आधुनिक मनोविज्ञान का बहुत उलझा हुआ प्रश्न है कि चरम आवेग की अवधि क्या होती है या हो सकती है।

देखना यह होता है कि आवेग क्या पागलपन की स्थिति में आ जाता है और अगर ऐसा होता है तो व्यक्ति को इनसैनिटी की सुरक्षा भी कितनी है। मेरा यह मानना है कि हमारे देश में चरम आवेग के कारण हुए अपराधों के लिए दंड-व्यवस्था अलग होनी चाहिए। इधर पिछले वर्षों में हम यह देख रहे हैं कि हमारे न्यायालय इस सिद्धांत को स्वीकार कर रहे हैं।

अगर किसी व्यक्ति ने निश्छल भाव में चरम आवेग के क्षणों में कोई अपराध किया है तो केवल हरजाना ही लिया जाना चाहिए। कुछ मामलों में व्यक्ति को हल्की सी सजा दी जा सकती है। ऐसे व्यक्ति को लंबी सजा नहीं दी जानी चाहिए। प्राणदंड देना तो एकदम गलत है, क्योंकि व्यक्ति का अपराध करने का मंतव्य नहीं होता है।

□

भविष्य के द्वार की कुंजी है वेदांत

पुरातन और अधुनातन जहाँ दोनों जुड़ते हैं, उसी को परंपरा कहा जाता है। अतीत के बिना वर्तमान नहीं होता और वर्तमान के बिना भविष्य संभव नहीं होता। जब आधुनिक का अतीत से संबंध-विच्छेद हो जाता है तब वह न तो पुरातन का उत्तराधिकार पाता है और न भविष्य उसका वंशधर होता है। संस्कृतियाँ अतीत और वर्तमान की निरंतरता में एक सनातन परिवर्तनशीलता से संपुष्ट होती हैं।

भारत के लिए अल्लामा इकबाल की वे पंक्तियाँ सुप्रसिद्ध हैं, जिनमें शायर कहता है कि दुनिया की दूसरी सभ्यताएँ विलुप्त हो गईं किंतु 'कुछ बात है कि हस्ती मिटती नहीं हमारी'। मेरी दृष्टि में पुरातन से अद्यतन को जोड़ती हुई भारत की चिरंजीवी सनातन परंपरा ही वह हस्ती है कि जिसके कारण भारतवर्ष की हस्ती सदियों से और इतिहास के सब झंझावातों के बीच भी कायम है।

भारतीय अतीत के उज्ज्वल आलोक में मानव समाज ने देवताओं की साझेदारी में पुरातन कल्प और प्रकल्प रचे, पुरुषार्थ के प्रत्येक आयाम का स्पर्श करते हुए चेतना के सूक्ष्म अभ्यांतर की यात्रा की और बहिर्जगत् के आकाश और अंतरिक्ष का विचरण किया। भारत के अतीत में जो विराट् वैदिक एवं श्रमण दृष्टि की महिमा और गरिमा है, उससे वंचित होकर हम एक विराट् भविष्य का निर्माण नहीं कर सकते।

महात्मा गांधी ने हमें जो उद्बोधन दिया था, उसका सारांश यही है कि वह गौरवशाली अतीत हमारा है, यद्यपि हम अतीत के नहीं हैं, हम वर्तमान के हैं और भविष्य को बनानेवाले हैं। क्रांतिदर्शी श्रीअरविंद ने तो अपने देशवासियों से यहाँ तक कहा था कि तुम भूतकाल के साँचों को तोड़ डालो, किंतु उनकी मूल भावना को सुरक्षित रखो, अन्यथा न तो तुम्हें अतीत की विरासत मिलेगी और न तुम किसी विराट् भविष्य का निर्माण कर सकोगे। मैं सोचता हूँ कि अतीत हमारी स्मृति है, हमारा संस्कार है, हमारा पाथेय है, हमारा संबल है; भविष्य हमारा सपना है और वर्तमान हमारे कर्म का कुरुक्षेत्र। मैं उस निरंतरता की प्रशस्ति करता हूँ जो मुझे और मेरी पीढ़ी को भारत की संस्कृति की पुरातन जड़ों से शक्ति प्राप्त करने की प्रेरणा देती है, किंतु जो मुझे किसी संकीर्ण कारावास में बंदी नहीं बनाती। निरंतरता बहता नीर है, अतीत वर्तमान और भविष्य का त्रिवेणी संगम है। मेरे विचार में जो लोग धर्मनिरपेक्षता के नाम पर भारत के प्राचीन गौरव को नकारते हैं और उसका तिरस्कार करते हैं या भारतीयता के नाम पर पोंगापंथी संकीर्णता को प्रश्रय देते हैं, वे न तो भारत का अर्थ समझते हैं और न संस्कृति की शक्ति को जानते हैं, न भारत की निरंतरता को समझने की क्षमता रखते हैं। डॉ. सर्वपल्ली राधाकृष्णन ने जो विवेकसंगत सांस्कृतिक निष्कर्ष हमको दिया, उसकी अनुगूँज मुझे अब भी सुनाई पड़ती है। उन्होंने कहा था—अतीत को नकारने से नहीं अपितु उसे स्वीकार करने से और अतीत को ढालने और सँवारने से जीवन आगे बढ़ता है। आवश्यकता अतीत की ओर लौटने की नहीं है, बल्कि अतीत के उत्तराधिकार को सँजोकर आगे बढ़ने की है। हमारा गौरवशाली अतीत बीती हुई बात नहीं है, बल्कि उसका सारतत्त्व जीवंत और ज्योतिर्मय है। हमारा निर्मल अतीत एक वैश्विक मानसरोवर है, जिसके तट पर हमारी बुद्धि के हंस को नीर-क्षीर विवेक करना होगा। हमारे आदरणीय अग्रज कविवर दिनकरजी बहुधा कहा करते थे कि भारत एक बहुत बड़े सपने का नाम है, भारत स्वयं मनुष्य जाति की

एक बहुत बड़ी कविता है। मेरे अंतरंग डॉ. कर्ण सिंह और मैंने भारत की इस परिकल्पना की सांस्कृतिक आराधना के आलोक में ही भारत के वाक् और अर्थ को संपृक्त पाया है।

संसद् और समाचार-पत्रों में अकसर इस विषय पर एक सतही बहस मेरी भारतीय आत्मा को संतप्त करती है। उस बहस में मुझे संस्कृति से सत्ता का संबंध-विच्छेद दृष्टिगोचर होता है। जो लोग मानते हैं कि राजनीति का सदाचार, संस्कार और संस्कृति से कोई संबंध नहीं है, मैं उनसे सहमत होने में अपने आपको असमर्थ पाता हूँ। भारतवर्ष की परंपरा ने हमको यह सिखाया है कि मनुष्य के आचरण की एक मानवीय जवाबदेही है, जबकि पश्चिम में यह कहा जाता रहा है कि विज्ञान, राजनीति इत्यादि का परीक्षण नैतिकता के निकष पर नहीं किया जाना चाहिए। भारत के लिए मेरी कल्पना उस ज्योतिर्मय संस्कृति की कल्पना है, जिसके लिए कविवर सुमित्रानंदन पंत ने कहा था—

'ज्योति भूमि,
जय भारत देश,
फूटे जहाँ ज्योति के निर्झर,
ज्ञान भक्ति गीता वंशी स्वर,
पूर्ण काम जिस चेतन रज पर!!'

मैं मानता हूँ कि श्रवणशक्ति के रथ, ज्ञान दर्शन और चरित्र पुरातन का ही नहीं, बल्कि वर्तमान का पथ भी प्रशस्त करते हैं। इसी प्रकार वेदांत मनुष्य का खोया हुआ अतीत ही नहीं, बल्कि उसके भविष्य के द्वार की कुंजी भी है। समकालीन भारत में परंपरा और भविष्य को लेकर जो सतही बहस आजकल सुनने में आती है, वह हमारी संस्कृति अस्मिता के लिए खतरा है, हमें अपने दिव्य और भव्य संस्कृति से वंचित करने का एक दुराग्रह है। उस बहस में एक उदार और प्रशस्त दृष्टि की आवश्यकता है। जो दृष्टि हमें स्वामी विवेकानंद ने दी, श्रीअरविंद ने मुखरित की और जिस

दृष्टि को जन-गण-मन की कविता को श्री रविंद्रनाथ ठाकुर और महात्मा गांधी ने एक नया विस्तार दिया, उसी दृष्टि को लेकर आधुनिक भारत की परंपरा और भविष्य के सार्थक समन्वय को लोक संग्रह करने में सक्षम होगा—यह मेरा विश्वास है।

□

जैन धर्म और पर्यावरण

जैन परंपरा, जिसके केंद्र में पर्यावरण-समन्वय तथा अहिंसा का दर्शन निहित है, प्राचीन भारत में अन्य विचारधाराओं के साथ-साथ सहस्रों वर्षों से पल्लवित-पुष्पित होती रही है। यह परंपरा भारत की प्राचीन जीवन-शैली की मुख्य धारा का महत्त्वपूर्ण अंग रही है और इसका दार्शनिक, कलात्मक व राजनीतिक विरासत के प्रति बहुत बड़ा योगदान रहा है। भारतीय इतिहास के कुछ कालों में अनेक शासक तथा भारी संख्या में जन-समुदाय जैन थे, जो तीर्थंकरों के अनुयायी थे।

जैन धर्म का पर्यावरण संबंधी दर्शन, जो इसकी आध्यात्मिक तलाश से उपजा है, नीति-सिद्धांतों, सौंदर्य-मीमांसा, कला, साहित्य, अर्थ-सिद्धांतों तथा राजनीतिक-सिद्धांतों का सदैव केंद्रबिंदु रहा है। जैन धर्म का प्रतिनिधित्व संपूर्ण महिमा के साथ इस युग के चौबीस तीर्थंकारों ने किया, जिनके दृष्टांत और उपदेश सहस्रों वर्षों से इसकी जीवित संपदा रहे हैं।

यद्यपि आधुनिक भारत में जैन धर्म के उपदेश और मूल भावना, मानव-सभ्यता की प्रगति तथा प्राकृतिक पर्यावरण के परिरक्षण के प्रति इसकी प्रतिबद्धता भारतीय जीवन एवं दृष्टिकोण को व्यापक रूप से निरंतर प्रभावित करती रही है।

बीसवीं शताब्दी में जैन धर्म के प्रभाव का सबसे सशक्त और ज्वलंत उदाहरण महत्मा गांधी का है, जिन्हें पूरा देश राष्ट्रपिता मानता है। गांधीजी के मित्र श्रीमद् राजचंद्र जैनी थे। इन दोनों महान् व्यक्तियों में धर्म तथा नीति के मुद्दों पर तब तक परस्पर पत्र-व्यवहार रहा, जब तक श्री राजचंद्र जीवित रहे। गांधीजी ने स्वाधीनता और सामाजिक समानता के लिए जो 'सविनय अवज्ञा आंदोलन' चलाया, उसका मार्गदर्शी सिद्धांत जैन धर्म का मुख्य उपदेश अहिंसा ही था।

गांधीजी का यह कथन कि मानवता की महानतम कृति भी प्रकृति के लघुतम चमत्कार के अनुरूप नहीं हो सकती, उनके पर्यावरण संबंधी दर्शन में समुचित रूप से अभिव्यक्त हुई है।

जैन धर्म के उपदेश निम्नलिखित हैं—

अहिंसा—जैन धर्म का पर्यावरण संबंधी दर्शन एक प्रकार से अहिंसा के सिद्धांत का पर्याय ही है, जो जैन-परंपरा में एक सुनहरे धागे की भाँति पिरोया हुआ है—'अहिंसा परमो धर्मः—अहिंसा ही परम धर्म है।'

भगवान् महावीर इस युग के चौबीसवें और अंतिम तीर्थंकर थे, जो २५०० वर्ष पूर्व उत्तर भारत में जनमे थे। उन्होंने तीर्थंकर पार्श्व द्वारा दो शताब्दियों पूर्व और हजारों वर्ष पूर्व आदिनाथ से लेकर इस युग के बाईस अन्य तीर्थंकारों द्वारा दिए गए जैन धर्म के शांति, सौहार्द, अहिंसा और त्याग के मूल उपदेशों को और सुदृढ़ बनाया। भगवान् महावीर ने सत्य-अहिंसा के अनुशासन से आत्मा की शाश्वत खोज पर नए सिरे से प्रकाश डाला। उनका कथन था—"जैसे इस जगत् में अणु से छोटी और सूक्ष्म कोई वस्तु नहीं है और न ही आकाश से बड़ी कोई वस्तु, उसी प्रकार अहिंसा से सूक्ष्म और आत्मा के गुण के समान जीवन के प्रति आदर की भावना से बड़ी कोई वस्तु नहीं।"

अहिंसा ऐसा सिद्धांत है, जिसे जैन धर्म के अनुयायी न केवल मनुष्यों के प्रति अपनाते हैं, बल्कि संपूर्ण प्रकृति के प्रति भी अहिंसा-व्रत का

अनुपालन करते हैं।

अतीत, वर्तमान और भविष्य के सभी अर्हत समान स्वर से जो प्रवचन करते हैं, मार्गदर्शन करते हैं, उद्‌घोष करते हैं, प्रचार करते हैं और आचरण की प्रेरणा देते हैं, वह है—"किसी प्राणी या जीवधारी को चोट मत पहुँचाओ, अपशब्द मत कहो, दास मत बनाओ, अपमानित मत करो, कष्ट मत दो, यातना मत दो या उसका वध मत करो।"

जैन धर्म के परिप्रेक्ष्य में यह स्पष्ट है कि इस संसार में घृणा, विद्रोह, आक्रमण, आतंक, शोषण और उपभोगवाद से आक्रांत हिंसा का बोलबाला है। अहिंसा का उपेदश केवल युद्ध तथा प्रत्यक्षत: किए जानेवाले हिंसात्मक कार्यों के लिए ही नहीं है, अपितु उस हिंसा के लिए भी है, जो मानवजाति के मन-मस्तिष्क में व्याप्त है, जहाँ मानव-हृदय में अपने बंधु-बांधवों एवं प्रकृति के प्रति प्रेम और करुणा का अभाव है। प्राचीन जैन ग्रंथों में यह स्पष्ट किया गया है कि हिंसा का अर्थ किसी को वास्तव में कष्ट देना ही नहीं है, क्योंकि यह अनचाहे भी हो सकता है। कष्ट पहुंँचाने का इरादा अथक करुणा का अभाव ही किसी के कार्य को हिंसात्मक बनाते हैं। हिंसात्मक विचारों के बिना हिंसात्मक कार्य संभव ही नहीं है। जब हमारे विचारों में हिंसा का प्रवेश होता है, तब हमें तीर्थंकर महावीर के इन वचनों का स्मरण हो आता है, "तुम स्वयं ही वह हो, जिस पर तुम आघात करना चाहते हो, जिसका तुम अपमान करना चाहते हो, जिसे तुम यातना पहुँचाना चाहते हो, दंडित करना चाहते हो, पीड़ा पहुँचाना चाहते हो, दास बनाना चाहते हो या वध करना चाहते हो।"

परस्परोपग्रहो जीवानाम्—तीर्थंकर महावीर ने उस समय एक सार्वकालिक सत्य का उद्‌घाटन किया—"वह, जो पृथ्वी, वायु, अग्नि, जल तथा वनस्पति के अस्तित्व की उपेक्षा करता है अथवा उसे नकारता है, वह वास्तव में अपने अस्तित्व को ही नकारता है, जो इन तत्त्वों के साथ ही गुँथा हुआ है।"

जैन बह्मांड विज्ञान में सह-जीवन व परस्पर आश्रितता के मूल प्राकृतिक तथ्य को स्वीकृति प्रदान की गई है, जो आधुनिक पर्यावरण विज्ञान का आधार है। यह उल्लेखनीय है कि अंग्रेजी शब्द 'इकोलॉजी' (पर्यावरण विज्ञान) उन्नीसवीं शताब्दी के उत्तरार्ध में ग्रीक भाषा के शब्द 'ओइकोस' से बना है, जिसका अर्थ है 'घर', जहाँ व्यक्ति लौटकर आता है। पर्यावरण विज्ञान जीव विज्ञान का अंग है, जो जीव-जंतुओं और अन्य जीवधारियों के परिवेश के परस्पर संबंधों से संबद्ध है।

प्राचीन जैन सूत्र—'परस्परोपग्रहो जीवानाम्' (संपूर्ण जीवन परस्पर समर्थन व पराश्रय द्वारा आबद्ध है) अपने आधार व परिप्रेक्ष्य में अत्यधिक सामयिक है। यह आधुनिक पर्यावरण के विषय क्षेत्र को परिभाषित करता है और साथ ही एक अधिक विस्तृत 'घर' की संकल्पना को अर्थ-विस्तार देता है। इसका अभिप्राय यह है कि प्रकृति के सभी पक्ष एक-दूसरे से संबद्ध हैं और लौकिक दृष्टि से ही नहीं अपितु अलौकिक दृष्टि से भी एक-दूसरे से जुड़े हुए हैं। ऐसे विश्व में जीवन एक वरदान है—सहभागिता का, समन्वय का और सहायता का, जो स्वयं परस्पर-आश्रित घटकों द्वारा निर्मित है।

अनेकांतवाद—सार्वभौमिक सह-आश्रितता की संकल्पना जैन धर्म के ज्ञान के सिद्धांत का आधार है, जो 'अनेकांतवाद' या विविध पक्षों के सिद्धांत के रूप में जाना जाता है। अनेकांतवाद सिद्धांत के अंतर्गत विश्व का वर्णन एक ऐसे बहुमुखी एवं सदैव परिवर्तनशील यथार्थ के रूप में किया गया है, जिसमें अनंत विचारधाराएँ हैं, जो समय, स्थान, प्रकृति और उस व्यक्ति या वस्तु की अवस्था पर निर्भर करती हैं, जो दर्शक है और जो दृश्य है।

यह सिद्धांत हमें स्यायवाद या सापेक्षता के सिद्धांत तक ले जाता है, जिसमें यह कहा गया है कि सत्य विभिन्न दृष्टिकोणों के सापेक्ष होता है। जो बात एक दृष्टिकोण से सत्य है, वह अन्य दृष्टिकोण से संदेहास्पद हो

सकती है। संपूर्ण सत्य किसी विशेष दृष्टिकोण मात्र से प्राप्त नहीं किया जा सकता, क्योंकि अंतिम सत्य उन विभिन्न दृष्टिकोणों का योग है, जिनसे विश्व का निर्माण हुआ है।

जैन धर्म का मूलाधार अनेकांतवाद और स्यायवाद है, अतः इसमें विश्व को मान केंद्रित, जाति केंद्रित अथा अहं केंद्रित दृष्टि से नहीं देखा जाता। इसमें अन्य जातियों, समुदायों, राष्ट्रों और अन्य मनुष्यों के दृष्टिकोण का पूरा आदर किया जाता है।

सम्यकत्व—अहिंसा का सिद्धांत, सार्वभौमिक सह-आश्रितता की स्वीकृति तथा बहुमुखी पक्षों के सिद्धांत की तार्किकता के परिणामस्वरूप हमारे हृदय में ऐसी भावना उत्पन्न होती है कि हम संसार में किसी के प्रति भी हठधर्मिता, असहिष्णुता, कठोरता, आक्रामक, हानिकारक तथा एकपक्षीय प्रवृत्ति नहीं अपनाते। इससे जैन धर्म के प्रत्येक अनुयायी को जीव तथा अजीव दोनों के प्रति सम्यकत्व भाव बनाए रखने की प्रेरणा मिलती है। यह दृष्टि हमें आदान-प्रदान तथा 'जीओ और जीने दो' की भावना अपनाने के लिए प्रोत्साहित करती है। इसके द्वारा हमारी दृष्टि ऐसी संतुलित हो जाती है कि हमारे हृदय में प्रकृति, राष्ट्रों अथवा अन्य व्यक्तियों पर अधिकार जमाने की भावना उत्पन्न होने के बजाय सबके प्रति समता भाव का संचार होता है, जिससे विश्व में शांति का संवर्धन होता है और विश्व में संतुलन व सुरक्षा का आधार सुदृढ़ होता है।

जीव दया (करुणा, तद्नुभूति एवं परोपकार)—यद्यपि 'अहिंसा (अ हिंसा)' शब्द का उल्लेख नकारात्मक रूप में किया जाता है, किंतु इसका मूलाधार अनेक सकारात्मक उद्देश्य और कार्य हैं, जिनकी हमारे पर्यावरण संबंधी कार्यों में अत्यंत महत्त्वपूर्ण भूमिका होती है।

अहिंसा, दया (करुणा, तद्नुभूति एवं परोपकार) का एक पक्ष है, जिसे एक महान् जैन उपदेशक ने सभी जीवधारियों की 'वत्सल माता' की संज्ञा दी है। उनका यह भी कहना है कि अहिंसा उनके लिए अमृत है, जो

इस भवसागर में जन्म-मरण के चक्र में भटकते हुए कष्ट पाते रहते हैं।

जीव-दया का अर्थ है—सभी जीवधारियों के सुख-दुःख में सहभागी होना, उनकी देखभाल, रक्षा और सेवा करना। इसमें सार्वभौमिक मैत्री, सार्वभौमिक क्षमा और सार्वभौमिक अभय अपरिहार्य है। अतः जैन धर्म के अनुयायी चाहे वे साधु हों, साध्वी हों या गृहस्थ, विनम्रतापूर्वक एवं निष्ठापूर्वक इस बात की पुष्टि करते हैं कि उनके हृदय सभी जीवधारियों के लिए क्षमा भाव से परिपूर्ण हैं। वे सभी जीवधारियों से क्षमा-याचना करते हैं, वे सभी जीवधारियों की मैत्री की अभ्यर्थना करते हैं, वे यह अभ्यर्थना भी करते हैं कि सबका उनके प्रति मैत्री भाव हो और उनके हृदय में किसी भी प्राणी के प्रति कभी भी किसी प्रकार का वैर और द्वेष की भावना उत्पन्न न हो। वे यह प्रार्थना भी करते हैं कि संपूर्ण विश्व में क्षमा और मैत्री का साम्राज्य हो तथा सभी जीवधारी एक-दूसरे की भलाई की कामना करें।

जैन ब्रह्मांड विद्या—जैन धर्म इस बात को स्वीकार करता कि कोई ऐसा मूलभूत प्रज्ञावान कारण है, जिसके परिणामस्वरूप विश्व का निर्माण हुआ है। जैन धर्म के सिद्धांत के अनुसार, विश्व का न कोई आदि है, न अंत। इसका मूलाधार जीव और अजीव हैं। ये दोनों शाश्वत हैं, अकृत हैं, स्वतंत्र हैं और इनका सदैव सह-अस्तित्व रहा है। चेतना जीव है, अचेतन अजीव है। अजीव के पाँच तत्त्व हैं : धर्म—गति का माध्यम, अधर्म—विराम का माध्यम, आकाश—अंतरिक्ष, पुद्‌गल—द्रव्य, काल-समय।

'पुद्‌गल' का एक रूप होता है, इसमें अलग-अलग अणु (परमाणु) होते हैं और परमाणुओं के समूह को 'स्कंध' कहते हैं, जिन्हें देखा जा सकता है, सुना जा सकता है, सूँघा, चखा और छुआ जा सकता है। जैन धर्म के अनुसार ऊर्जा अथवा ध्वनि, अंधकार, प्रकाश, छाया, ऊष्मा आदि परमाणुओं के स्कंध से उत्पन्न होते हैं।

जीव का कोई रूप नहीं, किंतु सांसारिक परावर्तन की अवस्था में यह शरीरधारी है और यह कर्म-रज को आकर्षित करता है अर्थात् इसमें कर्मों

का 'आस्रव' होता है। कर्म ऐसे सूक्ष्म पुद्‌गल हैं, जो आत्मा के सांसारिक कार्य-कलापों के कारण इसकी ओर प्रवाहित होते हैं। कर्मों के आस्रव आत्मा को भौतिक संसार से तब तक बाँधे रह सकते हैं, जब तक वे कर्मों का फल नहीं दे देते, तब वे पके फल की तरह झड़ जाते हैं और उस समय तक हमारे दूसरे कर्म नए आस्रवों को आत्मा की ओर आकर्षित कर लेते हैं।

जिन अरिहंतों और सिद्धों ने आस्रवों को अपनी ओर आकर्षित करनेवाले मनोविकारों को समाप्त कर दिया है, उनको छोड़कर शेष सभी प्राणी विश्व में कर्मों के बंधन से बँधे होते हैं। वे आत्म-विकास की दिशा में पुनर्जन्म और मृत्यु के सतत चक्र से गुजरते हैं, जिसके द्वारा वे अंततः मोक्ष को प्राप्त कर सकते हैं। इस चक्र में आत्म-विकास की विभिन्न अवस्थाओं में विभिन्न आत्माएँ हैं, जो इस प्रकार हैं—पृथ्वीकायिक, जयकायिक, अग्निकायिक, वायुकायिक, वनस्पतिकायिक और जीवाणुओं, कीट-पतंगों, पक्षियों और बड़े आकार के पशुओं से लेकर मनुष्यों, नारकीय और स्वर्गिक जीवों तक।

जैन धर्म का विकास-सिद्धांत आत्मायुक्त भौतिक शरीरों के श्रेणीकरण पर आधारित है। यह श्रेणीकरण संवेदनात्मक अनुभूति की स्थिति के अनुरूप किया जाता है। सारी आत्माएँ समान हैं, किंतु आस्रवों के विभिन्न परिमाणों के अनुसार वे उस शरीर से आबद्ध हैं, जिसमें वे वास करती हैं। निम्नतम रूप के भौतिक शरीर में केवल स्पर्शेंद्री होती है। वृक्षों और वनस्पति में स्पर्शेंद्री होती है, अतः उन्हें सुख-दुःख की अनुभूति होती है और उनमें आत्मा का वास होता है। भगवान् महावीर ने हमें यह सिखाया कि जो यह समझते हैं कि पेड़-पौधों के विनाश से घोर पाप और अवनति होती है, वही 'प्रकृति' के प्रति आदर की भावना के अर्थ और महत्त्व को समझते हैं। धातुओं और पाषाणों में भी प्राण हो सकते हैं, अतः हमें उनके प्रति असावधानी नहीं बरतनी चाहिए।

एकेंद्रिय जीवों से ऊपर हैं सूक्ष्म-प्राण जीव तथा छोटे पशु, जिसके

दो, तीन या चार इंद्रियाँ होती हैं। इससे ऊपर की श्रेणी में वे जीव आते हैं, जो पंचेंद्रिय हैं। सर्वोच्च वर्ग के पशुओं और मनुष्यों में बुद्धि व मन भी होता है। मनुष्य चूँकि जीवन-विकास का सर्वोच्च पर्याय है, अत: परस्पर व्यवहार में और शेष विश्व से अपने संबंध को लेकर उसका गंभीर नैतिक दायित्व होता है।

जीवन के इस दृष्टिकोण और इसकी शाश्वत सुसंगति ने, जिसमें मनुष्य का अपरिहार्य नैतिक दायित्व होता है, जैन परंपरा को पर्यावरण की सुरक्षा और सामंजस्य के संपोषण का समर्थक बनाया है।

जैन आचार-संहिता के पाँच व्रत हैं—(१) अहिंसा—मन, वचन और कर्म में अहिंसा; (२) सत्य—सत्य की खोज और सत्य-कथन; (३) आचरण—निष्ठापूर्वक आचरण करना और कभी भी कोई वस्तु बलपूर्वक या चोरी से प्राप्त न करना; (४) ब्रह्मचर्य—मन, वचन और कर्म से संयम और ब्रह्मचर्य का पालन करना; (5) अपरिग्रह—अनावश्यक संग्रह की प्रवृत्ति का त्याग करना।

अहिंसा का व्रत प्रथम व सर्वोपरि है। अन्य व्रतों को अहिंसा के दूसरे पक्ष समझना चाहिए। समानता की खोज तथा सम्यक् आस्था, सम्यक् ज्ञान और सम्यक् आचरण के रत्नव्रत से सब मिलकर व्यक्ति के लिए एकीकृत आचरण-संहिता का समग्र रूप प्रस्तुत करते हैं।

इन व्रतों का पालन जब साधु-साध्वी कठोर साधना के रूप में करते हैं, तो ये महाव्रत कहलाते हैं। गृहस्थ व्यक्ति इन व्रतों का पालन सीमित रूप में यथाशक्ति करते हैं, इसलिए ये 'अणुव्रत' कहलाते हैं।

जैन धर्म की आचार-संहिता के मूल में इस बात पर बल दिया जाता है कि प्रत्येक व्यक्ति अन्य व्यक्तियों के प्रति और समग्र रूप से सबके प्रति उत्तरदायी है। वस्तुत: प्रत्येक व्यक्ति के लिए संपूर्ण विश्व ही आत्मचेतना का माध्यम है। यह चिंतन अपने लौकिक प्रयोजन और व्यावहारिक परिणामों में पूर्ण रूप से पर्यावरण-सापेक्ष है एवं पर्यावरण की सुरक्षा के प्रति समर्पित है।

पशुओं तथा मनुष्यों के प्रति सभी प्रकार के अत्याचार अहिंसा व्रत का उल्लंघन है। अनेक शताब्दियों पूर्व जैन धर्म के अनुयायियों ने देवोपासना में पशु-बलि की सामान्य प्रथा को पाप की संज्ञा देकर उसकी भर्त्सना की थी। पशुओं को बंधन में रखना, उनको मारना, उनके अंग भंग करना या उन पर बहुत अधिक भार लादना या उन्हें पर्याप्त आहार और पानी से वंचित रखना, ये सब जैन आचार-संहिता में सामान्यतया वर्जित हैं। पालतू पशुओं के संबंध में इतनी छूट अवश्य दी गई है कि उन्हें रस्सी से बाँधकर रखा जा सकता है या कभी-कभी चाबुक का प्रयोग भी किया जा सकता है, किंतु दया भाव से। पूरी सावधानी से और बिना क्रोध-भावना के ही चाबुक का प्रयोग करना चाहिए।

जैन धर्म के अनुयायी शाकसब्जियों के रूप में सकेंद्रिय जीवों का न्यायोचित ढंग से उपयोग करते हैं, किंतु वे खान-पान या खेल-तमाशे के लिए कभी भी जीव-वध नहीं करते। एक समुदाय के रूप में वे पूर्ण रूप से शाकाहारी हैं। वे मांस, मछली या अंडे का उपयोग नहीं करते। वे अपना खान, पान शाक-सब्जी तथा दूध से बनी वस्तुओं तक ही सीमित रखते हैं।

मूल व्रतों को स्वीकार करने के बाद जैन गृहस्थ यथासंभव संयमित, नियंत्रित, तप एवं त्याग का जीवन अपनाते हैं। वे संतानोत्पत्ति भी विवेकपूर्वक करते हैं, ताकि उनके द्वारा विश्व एवं उसके साधनों पर आवश्यकता से अधिक भार न पड़े। जैन आचार-संहिता में आत्मशुद्धि के लिए नियमित रूप से उपवास करने को प्रोत्साहन दिया जाता है।

सांसारिक साधनों का उपयोग करते समय जैन धर्म के अनुयायी मधुमक्खी का अनुसरण करते हैं, जो फूलों से इस प्रकार रस चूसती है और शक्ति प्राप्त करती है कि फूल को कोई चोट नहीं पहुँचती। आवश्यकताओं को कम किया जाए, इच्छाओं पर अंकुश लगाया जाए और वस्तुओं के उपयोग का स्तर उचित सीमा तक रखा जाए। अपनी आवश्यकताओं से अधिक किसी साधन का उपयोग और प्रकृति के किसी भाग का दुरुपयोग

एक प्रकार की चोरी माना जाता है। वस्तुतः जैन धर्म इससे भी एक कदम आगे बढ़कर स्पष्ट रूप से यह घोषणा करता है कि अपव्यय करना और प्रदूषण उत्पन्न करना हिंसात्मक कार्य हैं।

परिग्रह का संचय और निजी स्वार्थ के लिए उसका उपभोग कम-से-कम सीमा तक किया जाए। परमार्थ के लिए उदारतापूर्वक दान देना और सामाजिक कार्यों के लिए अपना समय देना जैन धर्म के हर गृहस्थ के दायित्वों का एक भाग है। यही कारण है कि जैन मंदिर और तीर्थस्थान सुव्यवस्थित होते हैं तथा उनके पास वित्तीय साधन बहुत अच्छे होते हैं। जैन धर्म के उपदेशों के परिणामस्वरूप ही जैन धर्म के अनुयायियों ने समाज के प्रति अपने दायित्व की भावना से प्रेरित होकर अनेक स्कूल, कॉलेज, अस्पताल, उपचार-केंद्र, आवास-गृह, होस्टल, अनाथाश्रम एवं विकलांगों, वृद्धों, रोगियों तथा साधनहीनों के लिए पुनर्वास-शिविरों तथा रोगी पशु-पक्षियों के लिए भी अस्पतालों की स्थापना की है। समृद्ध व्यक्तियों को परामर्श दिया जाता है कि वे इस बात को स्वीकार करें कि एक सीमा के उपरांत उनकी धन-संपदा उनकी आवश्यकताओं के लिए निरर्थक हो जाती है, अतः उन्हें अपने अतिरिक्त धन का उपयोग सामाजिक हित के लिए एक ट्रस्टी के रूप में करना चाहिए। जैन धर्म के पाँच मूल उपदेशों और पंच-सूत्रीय आचार-संहिता ने, जिनकी रूपरेखा इस घोषणा-पत्र में दी गई है, शताब्दियों से सामाजिक आचार-व्यवहार में गहरी जड़ें जमा रखी हैं। जैन धर्म के ये उपदेश व सूत्र समस्त मानवजाति के लिए ऐसे नैतिक आदेश हैं, जो समय की शिला पर परीक्षित हैं। ये उपदेश एवं सूत्र ऐसी तीर्थयात्रा की भाँति हैं, जिसके माध्यम से विश्व में पर्यावरण की सुरक्षा, शांति एवं समन्वय की साधना संपन्न होती है।

□

उलझनों में गुँथा हुआ है इतिहास

इतिहास को लेकर कई मत-मतांतर विद्वज्जनों को एवं समाज के अलग-अलग वर्गों को इतना बाँट देते हैं कि कभी-कभी एक स्मरणीय कहावत के गवाक्ष से सत्य झलकता और झाँकता प्रतीत होता है। वह कहावत कहती है—वे लोग और देश सुखी और प्रसन्न हैं, जिनका कोई इतिहास नहीं। 'हैप्पी इज द लैंड विच हैज नो हिस्टरी'' भारतवर्ष इस तथाकथित सुख और प्रसन्नता से सदैव वंचित रहने को बाध्य है, क्योंकि यहाँ की चप्पा-चप्पा भूमि पुरातन मध्ययुगीन एवं आधुनिक इतिहास की साक्षी है, किंतु मैं अकसर सोचता हूँ कि इतिहास-विपुल देश यदि सुख-सौमनस्य से वंचित लगते हैं तो इतिहास-वंचित देश भी दूसरे प्रकार से अभिशप्त नजर आते हैं। भारत का इतिहास जितना अगाध और अपरिसीम है उतना ही विवादास्पद और अनिश्चित भी। कहा यह जाता रहा है कि भारतवर्ष के लोगों की रुचि घटनाओं में कम और दर्शन एवं काव्य में अधिक रही। इसीलिए शायद घटनाओं के तिथिक्रम को अधिक महत्त्व नहीं दिया गया, किंतु जिस सभ्यता में ज्योतिष और गणित का (precision) फला-फूला, वहाँ तिथिक्रम की यह उपेक्षा क्यों? पश्चिमी भारत विद्याविद् समुदाय की धातु, पाषाण और उत्खनन से प्राप्त सामग्री को जितना स्वीकार किया, उतना साहित्य

और परंपरा को प्रामाणिक नहीं माना, क्योंकि साहित्य बहुधा कल्पनाशील और अतिरंजित पाया गया और वस्तुतः सांगोपांग समालोचनात्मक अनुसंधान के अभाव के कारण साहित्य, परंपरा, शिलालेख, शिल्प और सिक्कों के आधार पर जैसा परिपक्व इतिहास लिखा जाना चाहिए था, वह नहीं हो पाया। इसीलिए भारत का दस हजार वर्ष का इतिहास आज भी उलझनों में गुँथा हुआ है। कई प्रश्न आज तक भी सुलझाए नहीं जा सके हैं। हमने अपना इतिहास फाहियान और ह्वेनसांग से लिया, अलबेरूनी और मेगस्थनीज से लिया, यूरोप के भारतविद्याविदों से लिया। यहाँ तक कि १८५७ के पहले भारतीय स्वातंत्र्य संग्राम का इतिहास हमने हमारी अपनी दृष्टि से, हमारे अपने अनुसंधान के आधार पर प्रामाणिक रूप में प्रस्तुत नहीं किया। इसी परिप्रेक्ष्य में पं. जवाहरलाल नेहरू ने कहा था कि १८५७ को हमें फिर से भारतीय दृष्टि से भारतीय सामग्री के आधार पर समझने का प्रयत्न करना होगा।

□

मेरी प्रिय स्मृतियाँ

मुझे जोधपुर और इलाहाबाद बहुत प्रिय लगते हैं। जोधपुर मेरा जन्मस्थान और इलाहाबाद मेरी शिक्षा-भूमि है। मैं जोधपुर से इस प्रकार जुड़ा हुआ हूँ कि कभी-कभी मेरे मित्र मुझे उपालंभ देते हैं कि आप तो विश्व नागरिक हैं, फिर इतने Parochial(संकीर्ण) क्यों हैं ? मैं उनको शरतचंद्र चट्टोपाध्याय की उस उक्ति की याद दिलाता हूँ, जिसमें उन्होंने कहा था, "जो अपने घर के सामने या पीछे के जमीन के छोटे से टुकड़े को जी-जान से प्यार नहीं कर सकता, उससे यह प्रत्याशा कैसे की जा सकती है कि वह अपने देश या विश्व को प्यार कर सकेगा।" मेरा मानना है कि 'You cannot be global without being Local.' (आप बिना स्थानीय बने वैश्विक नहीं बन सकते)

मुझे जोधपुर ने जो संस्कार दिए, जो स्वाभिमान दिया, समझ और सूझ-बूझ के जो मानक और मापदंड दिए, उनका ऋण स्वीकार करना मैं आवश्यक समझता हूँ।

जोधपुर को सूर्यनगरी कहा जाता है और सूरज की उज्ज्वल ऊष्मा में मैंने न केवल भारतीय अस्मिता-बोध और इतिहास-बोध पाया, न केवल अपने पूर्वजों की शौर्य-यश की गाथाएँ सुनीं व पढ़ीं, बल्कि वहीं मैंने

साहित्य, कला और विधि-विधान के प्रति अपनी अनुरक्तियों, अपनी आस्थाओं को दिशा और स्वरूप दिया। इलाहाबाद में मैंने शिक्षा, साहित्य और कला का एक वातावरण पाया, प्रखर राष्ट्रीयता और संवेदनशील अभिव्यक्ति का विराट् स्वरूप देखा। वहीं मैंने राहुल सांकृत्यायनजी को देखा, निरालाजी के दर्शन किए, महादेवीजी का स्नेह और सान्निध्य पाया, पंतजी की छवि देखी, फिराक साहब और बच्चनजी को सुना, बंधुवर धर्मवीर भारती से परिचय हुआ।

इलाहाबाद की एक स्मृति विशेष रूप से मुझे सारस्वत साधना की प्रेरणा देती रही है। वह स्मृति है प्रो. क्षत्रेशचंद्र चट्टोपाध्याय की। उनके समान उद्भट विद्वान्, मनीषी और मर्मज्ञ शिक्षा की धरती पर कभी-कभी ही अवतरित होते हैं। उनका शिष्य होने का सौभाग्य मुझे मिला। इलाहाबाद विश्वविद्यालय में मेरे विद्याध्ययन के समय उनके एक व्याख्यान की स्मृति ने मुझे प्रेरित किया कि मैं गुरु रवींद्रनाथ टैगोर की एक प्रतिमा शेक्सपीयर के जन्मस्थल पर स्थापित करूँ।

सन् १९६२ में मैंने लोकसभा का चुनाव एक निर्दलीय उम्मीदवार के रूप में लड़ा था। वह चुनाव लड़ने की प्रेरणा मेरे गुरु कन्हैयालाल माणिकलाल मुंशीजी से मिली । वे मेरे लिए पितृतुल्य थे। जब मैं लोकसभा में चुनकर आया, उस समय पं.जवाहर लाल नेहरू हमारे प्रधानमंत्री थे और पूरे देश में कांग्रेस का प्रभुत्व और वर्चस्व था। निर्दलीय उम्मीदवार का चुनाव में जीतना टेढ़ी खीर थी, किंतु उस चुनाव में जोधपुर संसदीय क्षेत्र ने मुझे चुनकर लोकसभा में भेजा। उस चुनाव में मेरे ही एक मित्र प्रतिद्वंद्वी थे। वे जोधपुर के सबसे धनाढ्य परिवार के कर्ता थे। चुनाव के बाद भी मेरे प्रतिद्वंद्वी से मेरी मित्रता बनी रही। यह भी उस बीते समय की एक बानगी है।

संसद् में मुझे सार्वजनिक जीवन में योगदान देने का एक अनुपम अवसर मिला। १९६२ से लेकर १९६७ तक तीन प्रधानमंत्री हुए और तीनों

से मेरा अत्यंत निजी व गहरा संबंध रहा। डॉ. राजेंद्र प्रसाद, पं. नेहरू से लेकर श्री के.आर. नारायणन और श्री अटल बिहारी वाजपेयी तक हमारे सब राष्ट्रपति महोदयों और प्रधानमंत्रियों को जानने का, देखने का मुझे सुयोग मिला। यह अवसर मेरे लिए न केवल कानून की निर्माण प्रक्रिया समझने एवं संविधान की व्याख्या करने में बल्कि हमारी समूची व्यवस्था को समझने में एक वरदान सिद्ध हुआ।

□

सरकारी कर्मचारी : उच्चतम न्यायालय का फैसला अनुशासन लाएगा या असंतोष

भारतीय संविधान में सार्वजनिक सेवाओं में लगे हुए अफसरों और कर्मचारियों को महत्त्वपूर्ण स्थान दिया गया है; उनकी योग्यता, चयन और सुरक्षा के लिए विशेष प्रावधान किए गए हैं। संविधान के अनुच्छेद १६ में राज्याधीन नौकरियों या पदों पर नियुक्ति के संबंध में सब नागरिकों के लिए अवसर की समानता को मूलभूत अधिकार की मान्यता दी गई है। सरकारी सेवाओं में आरक्षण की व्यवस्था करते हुए भी प्रशासन की कार्यपटुता को ध्यान में रखने का आदेश हमारा संविधान देता है। संविधान का एक भाग (भाग १४) पूरी तरह संघ और राज्यों के अधीन सेवाओं से ही संबंध रखता है। हमारे संविधान के निर्माता इस तथ्य से सुपरिचित थे कि हमारी राज्य-व्यवस्था की स्थिरता, कार्यक्षमता एवं कुशलता बहुत कुछ हमारी लोक-सेवाओं की योग्यता, निष्पक्षता और निष्ठा पर निर्भर करती है।

संविधान के अनुच्छेद ३१० में यह कहा गया है कि संघीय सेवा का सदस्य राष्ट्रपति के प्रसाद-पर्यंत पद धारण करता है और राज्य की सेवा का सदस्य राज्य के राज्यपाल के प्रसाद-पर्यंत पद धारण करता है, किंतु

राष्ट्रपति और राज्यपाल का यह 'प्रसाद' व्यक्तिगत कृपा का पर्यायवाची पुरातन प्रतीक शब्द न होकर कानून द्वारा उपबंधित शर्तों का संकेत करता है। इस संबंध में भारतीय संविधान का अनुच्छेद ३११ संघ और राज्य की सेवाओं में नियुक्त प्राधिकारियों के लिए कानूनी सुरक्षा का महत्त्वपूर्ण चार्टर है।

लोक सेवाओं में नियुक्त अफसरों और कर्मचारियों के लिए सांविधानिक सुरक्षा का पहला सिद्धांत यह है कि उनमें से कोई उन्हें नियुक्त करनेवाले अधिकारी से निचले किसी अधिकारी द्वारा पदच्युत या पदमुक्त नहीं कर सकता। दूसरा सिद्धांत यह है कि किसी अफसर या कर्मचारी को हटाने से या पद से अवनत करने से पूर्व समुचित जाँच करना आवश्यक होता है और उस जाँच में उसे उसके विरुद्ध दोषारोपों के संबंध में सुनवाई का युक्तियुक्त अवसर देना भी आवश्यक होता है। यही नहीं, उसके विरुद्ध कोई प्रशासकीय सजा या शास्ति का निर्णय करने से पूर्व भी उसे अभिवेदन करने का अवसर देना आवश्यक होता है।

जाँच और सुनवाई के इस अनिवार्य प्रावधान का अपवाद हमें अनुच्छेद ३११ (२) के दूसरे परंतुक में मिलता है। इसके अनुसार, मोटे तौर पर जाँच और सुनवाई का प्रावधान निम्नलिखित स्थितियों में लागू नहीं होता :

(क) यदि उस व्यक्ति को अपनी नौकरी या पद से ऐसे आचरण के आधार पर हटाया या अवनत किया जाए, जिसके लिए वह फौजदारी आरोप पर सिद्धदोष हुआ हो, अथवा

(ख) यदि उस पर अनुशासनात्मक कार्यवाही करनेवाले प्राधिकारी का समाधान हो जाए और वह प्राधिकारी उस समाधान के कारण को लेखबद्ध करे कि यह युक्तियुक्त रूप से व्यावहारिक नहीं है कि ऐसी जाँच और सुनवाई की कार्य्रवाही की जा सके,

(ग) यदि यथास्थिति, राष्ट्रपति या राज्यपाल का समाधान हो जाए कि राष्ट्रीय सुरक्षा के हित में यह इष्टकर नहीं है कि ऐसी जाँच की जाए।

एक अतिरिक्त परंतुक या स्पष्टीकरण अत्यंत महत्त्वपूर्ण है, जिसमें यह निर्दिष्ट है कि यदि यह प्रश्न उत्पन्न हो कि किसी व्यक्ति के संबंध में

इस प्रकार की जाँच करना युक्तियुक्त रूप से व्यावहारिक है या नहीं, तो उस अधिकारी का विनिश्चय अंतिम होगा, जिसे उस व्यक्ति को पद या पंक्ति से हटाने या अवनत करने की शक्ति प्राप्त हो।

अनुच्छेद ३११ के प्रावधानों और परंतुको को लेकर बरसों से हमारी अदालतों में मुकदमों का अंबार लगा रहा है। इधर उच्चतम न्यायालय द्वारा ११ जुलाई १९८५ के दिन एक दीवानी अपील में दिए गए निर्णय (भारत संघ बनाम तुलसी राम पटेल इत्यादि) की चर्चा संसद् और समाचार-पत्रों में व्यापक रूप से हुई है। इस निर्णय का संबंध सरकारी नौकरियों और पदों में कार्यरत व्यक्तियों के अधिकारों से है। यह निर्णय उच्चतम न्यायालय की संविधान-पीठ ने पाँच में से चार जजों के बहुमत से दिया। न्यायमूर्ति श्री माउन का बहुमत की ओर से दिया गया यह निर्णय टंकित २३७ पृष्ठों में है। न्यायमूर्ति श्री ठक्कर ने अपनी असहमति केवल ६ पृष्ठों में दी है, किंतु किसी समय कालांतर में विशद् रूप से वे अपने दृष्टिकोण को प्रतिपादित करेंगे, ऐसा उन्होंने अपने एकल निर्णय में कहा है। उल्लेखनीय है कि न्यायमूर्ति श्री ठक्कर ने न केवल न्यायमूर्ति श्री माउन एवं बहुमत के निर्णय को गलत एवं अनावश्यक माना है, बल्कि बिना पूरे पारस्परिक विचार-विनिमय के निर्णय देने की प्रक्रिया का भी प्रत्याख्यान किया है। न्यायमूर्ति श्री माउन का २३७ पृष्ठों का लंबा बहुमत-सम्मत निर्णय सार्वजनिक घोषणा से केवल तीन घंटे पूर्व दूसरे जजों को उपलब्ध करवाया गया। निस्संदेह उच्चतम न्यायालय में कार्यप्रणाली की यह वस्तुस्थिति चिंतनीय और शोचनीय है, क्योंकि हमारा उच्चतम न्यायालय जो कहता है, वही कानून का दर्जा पा जाता है और उनके कहने में या उनके उस कथ्य तक पहुँचने में यदि कोई कोर-कसर रहती है तो हमारी न्याय-प्रणाली की विश्वसनीयता को आँच आती है। कौन सा दृष्टिकोण सही है और कौन सा पक्ष गलत है, यह एक दूसरा प्रश्न है, किंतु न्यायमूर्ति श्री ठक्कर ने जिस प्रश्न को उठाया है, वह एक ऐसा प्रश्न है, जिसे किसी सतही असमंजस और दिखावटी संकोच के कारण नजरअंदाज नहीं किया जा सकता। उच्चतम न्यायालय की कार्य-शैली और संयुक्त निर्णय प्रक्रिया

में इस प्रकार के गंभीर दोष का उल्लेख अपने-अपने समय में भूतपूर्व मुख्य न्यायाधीश श्री चंद्रचूड़ और वर्तमान मुख्य न्यायाधीश श्री भगवती भी कर चुके हैं।

संविधानपीठ के इस फैसले की पृष्ठभूमि में एक दूसरा निर्णय विशेषतया उल्लेखनीय है। यह निर्णय लगभग १० वर्ष पूर्व दक्षिण रेलवे के एक मामले में (श्री चल्लप्पन के मामले में) उच्चतम न्यायालय के तीन जजों की एक खंडपीठ ने सर्वसम्मति से दिया था। वे तीन जज थे—श्री कृष्ण अय्यर, श्री गुप्ता एवं श्री फजल अली। खंडपीठ की ओर से निर्णय श्री फजल अली ने लिखा था। अब तुलसीराम पटेल के मामले में पाँच जजों में से चार ने श्री चल्लप्पन के मामले में दिए गए निर्णय को अस्वीकार और अमान्य कर दिया है। बहुमत के वे चार न्यायाधीश थे—श्री यशवंत चंद्रचूड़, श्री तुलजापुरकार, श्री आर.एस. पाठक एवं श्री माउन। न्यायमूर्ति श्री ठक्कर ने बहुमत के निर्णय के साथ असहमति प्रकट करते हुए श्री चल्लप्पन के मामले में दिए गए निर्णय का पुनः अनुमोदन किया है और उसे लाभकारी एवं न्यायसंगत कहा है।

इरिम्पनम् में रेलवे पाइंट्समैन के काम पर तैनात श्री वल्लप्पन के मामले के साथ जोधपुर के रेलवे खलासी श्री नरसिंह एवं द्वितीय फायरमेन श्री अब्दुल हमीद के मामले भी सुने गए थे। उन तीनों मामलों में अनुच्छेद ३११ के परंतुक की व्यवस्था का मुद्दा भी था, यद्यपि इसमें न्यायालय का निर्णय मुख्यतः १९६८ के नियम १४ के आधार पर दिया गया था। विवाद का दायरा बहुत सीमित था, निर्णय केवल यही था कि परंतुक में परिभाषित अपवादस्थिति में भी किसी व्यक्ति को हटाने या अवनत करने से पूर्व संबद्ध प्राधिकारी का मामले पर विचार करना आवश्यक है। न श्री चल्लप्पन के मामले में यह कहा गया कि फौजदारी सजा के बाद भी इस आरोप पर फिर से नए सिरे से जाँच होनी चाहिए और न अब यह कहा जा रहा है कि यदि किसी को कोई छोटी-से-छोटी और सर्वथा नगण्य सजा हो जाए तो उसे आँख मूँदकर बिना सोचे-समझे दुराशय या दुश्मनी से नौकरी से निकाल दिया जाए। विवादास्पद प्रश्न केवल इतना है कि अनुच्छेद ३११ के परंतुक

में बताई गई स्थितियों में क्या उस अफसर या कर्मचारी को सार्वजनिक सेवा से हटाने से पूर्व सुनना आवश्यक है। संविधान-पीठ का निर्णय यह है कि ऐसी स्थिति में उस अफसर या कर्मचारी को सुनवाई का अवसर देना आवश्यक नहीं है, यद्यपि उसे हटाने या अवनत करने से पूर्व सब प्रासंगिक सामग्री और दृष्टिकोणों पर सदाशयतापूर्वक विचार करना अनिवार्य है। संविधान-पीठ की राय में श्री चल्लप्पन के मामले में दिए गए निर्णय ने अनुच्छेद ३११ के परंतुक की ओर पूरा मनोयोग नहीं दिया और नियम १४ को इस परंतुक के प्रकाश के बिना एकांगी रूप में देखा गया। लगता यह है कि संविधान-पीठ का नया निर्णय भी ऊहापोह और अनिश्चय से सर्वथा मुक्त नहीं है, विशेषतया इसलिए कि उद्धरणों के पांडित्य के बीच मुख्य मुद्दे पर न्यायिक निर्णय और इसमें जो नए संतुलन की खोज है, पूर्णतया निखर और उभरकर सामने नहीं आती।

इस निर्णय का एक पक्ष कर्मचारी की दृष्टि से उल्लेखनीय है। वह यह कि यद्यपि किसी सेवारत व्यक्ति को अनच्छेद ३११ के परंतुक के अंतर्गत हटाने या अवनत करने से पूर्व सुनवाई का अवसर देना आवश्यक नहीं है, उसे यह अधिकार अवश्य है कि वह उन सब मामलों में, जिनमें राष्ट्रपति या राज्यपाल ने ऐसा आदेश न दिया हो, वह अपील या रिवीजन के माध्यम से अपने आचरण के विषय में प्रतिवेदन दे और जाँच या पुनरीक्षण की माँग करे। यह भी स्पष्ट है कि इस प्रकार के हर मामले में न्यायालयों को पुनरीक्षण का अधिकार रहेगा। प्रश्न यह है कि इस निर्णय का परिणाम क्या होगा, कैसे उसका क्रियान्वयन होगा और क्या उसके आधार पर अधिक न्याय होगा या मनमानी और सेवारत अधिकारियों में असंतोष बढ़ेगा या अनुशासन?

□

एक नया कुरुक्षेत्र, किंतु हम भारत के लोग धृतराष्ट्र नहीं हैं

टी.वी. पर गुड़गाँव में 'हम भारत के लोग' एक नए कुरुक्षेत्र में एक नई संजयदृष्टि से भारत के संविधान और गणतंत्र की धज्जियाँ उड़ते हुए देख रहे थे। पुलिस के हाथों में उठी हुई प्रत्येक लाठी में हिंसात्मक प्रतिशोध दिखाई दे रहा था; लाठी की हर चोट संविधान की देह को क्षत-विक्षत कर रही थी। संसद् में उठाई गई हर आवाज में संसदीय व्यथा, कोप और आक्रोश ध्वनित हो रहा था, पर समस्या का समाधान न सरकार दे रही थी, न विपक्ष के राजनेता, न मजदूर संघ, न मीडिया। हमने संजयदृष्टि से यह नया कुरुक्षेत्र तो देखा, पर यह बात भारत और हरियाणा की सरकार को समझ लेनी चाहिए कि द्वापर युग कब का बीत चुका है। यद्यपि हमारे पास टेलीविजन की संजयदृष्टि है, किंतु भारतीय जनतंत्र में सर्वभौम सत्ता के स्वामी 'हम भारत के लोग' धृतराष्ट्र नहीं हैं, तन से भी नहीं और मन से भी नहीं। न्याय और मनुष्यता की रक्षा के लिए सार्वभौम जनता-जनार्दन के हाथों में आज संविधान का सुदर्शन चक्र है, जो किसी शिशुपाल की अनाचारशती को सहन नहीं करेगा।

राजनीतिक ऊहापोह, शोरगुल और परदे के पीछे के अँधेरे में मुझे राष्ट्रीय मानव अधिकार आयोग के अध्यक्ष एवं भारत के यशस्वी पूर्व मुख्य न्यायाधिपति डॉ. जस्टिस आनंद की संतुलित और न्यायसंगत आवाज साफ सुनाई पड़ रही है। वे तत्काल जाँच करवाना चाहते हैं। मुख्यमंत्री हुड्डा अब संसदीय अभिव्यक्ति के लोकतांत्रिक दबाव में मजिस्ट्रेट के स्थान पर उच्च न्यायालय के अवकाशप्राप्त न्यायाधीश से जाँच करवाने के लिए तत्पर हैं। क्या संसद् और सरकार इस बात से बेखबर हैं कि इस जाँच और निर्देश के लिए राष्ट्रीय मानवीय अधिकार आयोग से अधिक श्रेष्ठ, समर्थ और प्रामाणिक कोई दूसरा मंच या न्यायाधिकरण नहीं हो सकता। आयोग जल्दी भी करेगा और न्याय भी करेगा, इसमें कोई संदेह नहीं है। मामले को उलझाने की बजाय संतुलित समाधान भी देगा। आवश्यक होगा तो दिशाभ्रम से बचने के लिए उच्चतम न्यायालय द्वारा यह जिम्मेवारी प्राथमिक रूप से राष्ट्रीय मानव अधिकार आयोग को सौंपी जा सकती है, किंतु जाँच का दायरा तदर्थवाद से बचकर एक अधिक व्यापक परिप्रेक्ष्य में हो, यह आवश्यक है। यह जरूरी है कि गुड़गाँव के हादसे के लिए कौन जिम्मेवार है, इस बात की जाँच हो ? यह भी जरूरी है कि उन लोगों को कड़ी सजा दी जाए। यह भी विशेष रूप से देखा जाए कि पुलिस की भरती में, उनके प्रशिक्षण में, उनकी मानसिकता में जो पूर्वग्रह हैं, निरंकुश व्यवहार के जो संस्कार हैं, उनका उपचार कैसे हो ? साथ ही ट्रेड यूनियन की क्या जिम्मेवारियाँ हैं, यह भी देखा जाना चाहिए। मजदूरों के अधिकारों की रक्षा करना हमारे लोकतंत्र की एक प्राथमिक जिम्मेवारी है, न केवल मजदूरों के रूप में बल्कि नागरिकों के रूप में भी। लाठीचार्ज की बर्बरता को हटाना और मिटाना पड़ेगा, किंतु मजदूर संघ को भी मर्यादा में रहने के लिए प्रतिबंधित करना होगा। राजनीतिक दलों के लोगों को मजदूर संघों का नेतृत्व अपने हाथ में लेने का अधिकार नहीं है। मजदूर संघ के लिए भी जरूरी है कि वे हड़ताल और घेराव से बचें और कानूनी प्रक्रियाओं के माध्यम से समाधान की हरचंद कोशिश करें।

इस बारे में केंद्र में साझेदारी की सरकार को एवं हरियाणा में कांग्रेस सरकार को अपनी राजनीतिक लाचारियों से ऊपर उठना होगा। अगर भारत का विकास हमें द्रुतगति से करना है तो उद्योग को गैर-जिम्मेवार, उपद्रवी एवं हिंसक मजदूर मानसिकता से बचाना होगा। श्रीमती सोनिया गांधी और प्रधानमंत्री यदि इस संकट का गहराई से आकलन नहीं कर पाए और परिपक्व तथा स्थायी उपचार नहीं जुटा पाए तो भारत के विकास का सपना, सुरक्षा परिषद् में भारत की स्थायी सदस्यता की संभावना राजनीति की बंजर जमीन में झुलस जाएगी, नष्ट हो जाएगी। सरकार, सांसद, राजनीतिक दल और मजदूर संगठन विवेक से इन प्रश्नों पर विचार करें। हमारा भविष्य और हमारी नियति हमारे अपने हाथों में है।

संसद् में बहुत कुछ कहा गया, बल्कि सांसदों ने गुड़गाँव की लाठियों की तुलना जलियाँवाला बाग की गोलियों से की, किंतु अभी तक परदे के पीछे ट्रेड यूनियन की भूमिका का विवरण जनता के समक्ष नहीं पाया। कई महीनों से चल रहे विवाद को अनिवार्य बातचीत, मध्यस्थता और समझौते की प्रक्रिया में क्यों नहीं ले जाया गया? विदेशों से पूँजीनिवेश पर इस घटना का क्या प्रभाव होगा, इस महत्त्वपूर्ण मुद्दे को भी अनदेखा नहीं किया; न हम पुलिस प्रशासन के इस अधःपतन को अनदेखा कर सकते हैं। हमारे संविधान की प्रतिबद्धताओं में तीन बड़ी प्रतिबद्धताएँ हैं—लोकशाही, विधि का शासन और मानव-अधिकार। गुड़गाँव में घटित त्रासदी ने इन तीनों प्रतिबद्धताओं की दृढ़ता पर एक बड़ा प्रश्नचिह्न लगा दिया है।

□

ऐतिहासिक संदर्भ और आज की संभावनाएँ

भारतीय राष्ट्र की अटूट अविच्छिन्न एकता में मेरी संपूर्ण आस्था है। राष्ट्रीय एकता की सुरक्षा एवं उसका संवर्धन मैं प्रत्येक भारतीय का प्रथम कर्तव्य मानता हूँ, किंतु मेरा यह मानना है कि राष्ट्रीय एकता की निष्ठा, विश्व-कुटंब की मान्यता या आंचलिक एवं प्रादेशिक अनेकताओं का भारतीय दर्शन दिखावटी कृपा-भाव का द्योतक या रियायती मुखौटा नहीं है, बल्कि हमारी जीवन-शैली में अंतर्निहित सकारात्मक सहिष्णुता और समन्वय की अभिव्यक्ति है। अनेकता में एकता का दर्शन भारतीय मनीषाओं की उपलब्धि है, हमारी अनुभूति का मर्म है, हमारी संस्कृति का स्वभाव है, हमारे इतिहास की निष्पत्ति है, हमारे भूगोल का निष्कर्ष है, हमारे समकालीन जीवन की व्यावहारिक अनिवार्यता है। मूल एकता के धागे में गुँथे हुए अनेकता के सुमन भारतमाता के लिए मनोरम प्राकृतिक अलंकार और आभूषण हैं। राजस्थानी भाषा, साहित्य और संस्कृति के प्रत्येक पुष्प-पल्लव में तथा उसकी जड़ों में भारतीयता परिव्याप्त है। इसलिए यदि मैं राजस्थानी भाषा, साहित्य एवं संस्कृति की सुरक्षा और संवर्धन की बात

कहता हूँ, तो मूल रूप में राष्ट्रीय एकता को संपुष्ट करने की बात भी एक साथ कहता हूँ। मैंने आज के इस आशु वाचन का जो शीर्षक चुना है, यह केवल संविधान तक सीमित नहीं है। संविधान जीवन से शक्ति ग्रहण करता है। वह केवल शब्दों का संकलन और विन्यास नहीं है। न वह औपचारिकता का व्याकरण है। संविधान किसी एक अलग से किताब में लिखकर रख दी हुई चीज नहीं है, किंतु जीवन से संग्रह करता हुआ, संजीवनी ग्रहण करता हुआ जो कानून बनता है, उस मूल कानून को हम संविधान कहते हैं। इसलिए आज की चर्चा का जो विषय चुना है, वह राजस्थानी भाषा और साहित्य तथा उसके अतीत के संदर्भ और समकालीन संभावनाओं से संबंध रखता है। इसमें संवैधानिक संदर्भ, स्थिति और संभावनाएँ भी सम्मिलित हैं।

भाषा, साहित्य और संस्कृति मनुष्य की सामाजिक अस्मिता के अंग और अवयव हैं। राजस्थान का परिचय और उसकी पहचान उस प्रदेश की राजकीय सीमा रेखाओं से नहीं, बल्कि वहाँ के जीवन और संस्कृति से, वहाँ की कला, भाषा और साहित्य से मिलती है। उस पहचान का एक अतीत है, जो धीरे-धीरे विस्मृति की सुदूर कंदराओं में विलीन होता जा रहा प्रतीत होता है। उस पहचान का एक वर्तमान चेहरा भी है, किंतु उसकी आकृति अस्पष्ट होती जा रही है। उस राजस्थानी पहचान की एक ध्वनि भी है, किंतु उस आवाज का स्वर आज मुखर नहीं है। उसकी अनुगूँज उपेक्षा के अरण्य में खोती चली जा रही है। तब उस पहचान को, जो हमारी अपनी अंतरंग और अभीष्ट है—भविष्य क्या है?

राजस्थानी भाषा हमारी राष्ट्रीय आजादी से पूर्व कई देशी राज्यों की राज्य- भाषा थी, यह हम अकसर भूल जाते हैं। कई राज्यों में कई कानून, कई कार्यकलाप राज्य-भाषा राजस्थानी में होते थे। उसका प्रयोग भी न्यूनाधिक मात्रा में उन राज्यों में है तो राजस्थानी भाषा राजकाज की या शिक्षा की भाषा बन सकती है? क्या इस समय यह कदम व्यावहारिक या वांछनीय

है? क्या राजस्थानी भाषा, राज्य-भाषा या शिक्षा के माध्यम की भाषा न बनाए जाने पर भी लोकभाषा एवं साहित्यिक तथा सांस्कृतिक भाषा बनी रह सकती है? क्या राजस्थानी भाषा, साहित्य एवं संस्कृति की धरोहर को बदलते हुए जीवन की चुनौतियों के बीच सुरक्षित रखा जा सकता है? उसे विकसित, संशोधित और अभिवर्धित किया जा सकता है? आज राजस्थानी भाषा, साहित्य एवं संस्कृति की दशा क्या है, दिशा क्या है, शक्ति और क्षमता क्या है, संभावनाएँ क्या हैं? हम व्यक्तिशः और समवेत रूप से राजस्थानी भाषा, साहित्य और संस्कृति के लिए क्या कर सकते हैं, हमें क्या करना चाहिए? समय आपसे और मुझसे यह प्रश्न पूछ रहा है। यदि हम आज इन प्रश्नों को सुना-अनसुना कर दें या इनके उत्तर देने के लिए तत्पर न हों, तो समय हमारे लिए रुकेगा नहीं। तब हम समय के प्रवाह को कोई गति और दिशा नहीं दे पाएँगे। न उस प्रवाह को समायोजित, साहित्यिक अभिसिंचन या सांस्कृतिक ऊर्जा-उत्पादन के लिए बाँध पाएँगे, बल्कि समय के प्रवाह में अवश और लाचार तिनके की तरह हम सब लोग बहते चले जाएँगे। हमारी सांस्कृतिक नियति उस बेबिसात और बेबस तिनके की होगी या पौरुष, विवेक, उद्योग और सार्थकता की, यह बात हमारी इस पीढ़ी और हमारी एक या दो उत्तरवर्ती पीढ़ियों पर निर्भर करेगी। उसके बाद कोई विकल्प शायद शेष नहीं रहेगा। इसलिए मैं यह प्रश्न आज आपके समक्ष रख रहा हूँ, मेरी विनम्र राय में ये हमारे समय के, हमारी अस्मिता और पहचान के जलते और सुलगते हुए प्रश्न हैं।

विक्रम संवत् ६९२ में उत्कीर्ण बसंतगढ़ (सिरोही) का एक शिलालेख है, जिसमें 'राजस्थानीयादित्य' शब्द में 'राजस्थान' शब्द का प्राचीनतम प्रयोग मिलता है। शायद राजस्थान शब्द का सबसे पुराना प्रयोग उसी शिलालेख में हुआ है, किंतु मुझे यह नहीं लगता कि यह प्रशस्तिमूलक प्रयोग किसी राजनीतिक सीमांकन की ओर इंगित करता है। वास्तव में प्रांत-वाचक राजस्थान और राजपूताना शब्दों का सामान्य प्रयोग बहुत पुराना

नहीं है, बल्कि कई लोगों की मान्यता है कि इन शब्दों का प्रयोग कर्नल टाड के समय से प्रचलित हुआ, उससे पहले इनका प्रयोग बहुत कम होता रहा है।

वस्तुतः राजस्थान की प्रादेशिक या राजनीतिक पहचान से कहीं अधिक पुरानी पहचान हमें यहाँ की भाषा में, साहित्य में, कलाओं में, गाथाओं में और जीवन की मर्यादाओं में मिलती है। भाषाओं का इतिहास और भाषा-विज्ञान के वंशानुक्रम तथा वर्गीकरण बहुत विवादास्पद हैं और उस विषय की बारीकियों को शायद मुझे भाषा शास्त्रियों तक ही सीमित रखना चाहिए और उन्हीं पर छोड़ देना चाहिए। भाषाओं के विकासक्रम को मोटे-तौर पर देखने से राजस्थानी भाषा का प्रादुर्भाव अपभ्रंश में अपभ्रंश की उत्पत्ति प्राकृत में तथा प्राकृत का प्रारंभ संस्कृत और वैदिक संस्कृत की कोख में परिलक्षित होता है। महाकवि सूर्यमल्ल मिश्रण ने 'यंश भास्कर' में कहा है—''प्रायो मरुदेसीया प्राकृत मिश्रित भाषा।'' एक जगह उन्होंने यह भी कहा है—''डिंगल उपनामक कहुँक मरु वाण हु विधेय।'' अर्थात् मरुदेशीय भाषा प्राकृत मिश्रित थी और डिंगल उसका उपनाम।

पाली, प्राकृत एवं अर्धमागधी से कालांतर में मागधी, शौरसेनी और महाराष्ट्री भाषाएँ निकलीं, फिर अपभ्रंश का उद्भव हुआ। अपभ्रंश में नागर, सौरसेनी, गुर्जरी एवं सौराष्ट्री उल्लेखनीय हैं। विद्वानों ने राजस्थानी के प्राचीन स्वरूप को मरुगुर्जरी का अभिधान दिया है।

लगभग १००० से १५०० ई. के समय को परिप्रेक्ष्य में रखकर गुजराती भाषा एवं साहित्य के मर्मज्ञ विद्वान् स्व. श्री झवेरचंद मेघाणी ने लिखा है—''इस जमाने का परदा उठाकर यदि आप आगे बढ़ेंगे तो आपको कच्छ, काठियावाड़ से लेकर प्रयाग-पर्यंत के भूखंड पर फैली हुई एक भाषा दृष्टिगोचर होगी।...इस व्यापक बोलचाल की भाषा का नाम राजस्थानी है। इसी की पुत्रियाँ फिर ब्रज भाषा, गुजराती और आधुनिक राजस्थानी का नाम धारण कर स्वतंत्र भाषाएँ बनीं।'' भाषाओं और विशेषकर राजस्थानी

भाषा के इतालियन विद्वान् डॉ. एल.पी. तेस्सितोरी ने इस काल की अर्थात् १००० से १५०० ई. तक की भाषा का नाम 'प्राचीन पश्चिमी राजस्थानी' दिया है और उसके विषय में लिखा है—"तथ्य यह है कि जिस भाषा को मैं 'प्राचीन पश्चिमी राजस्थानी' भाषा के नाम से पुकारता हूँ, उसमें वे सभी तत्त्व हैं, जो गुजराती के साथ-साथ मारवाड़ी के उद्‌भव के सूचक हैं और इस तरह वह भाषा स्पष्टत: इन दोनों की सम्मिलित माँ है।" *('पुरानी राजस्थानी'—नागरी प्रचारिणी सभा)*। डॉ. सुनीति कुमार चाटुर्ज्या ने इसी मत को स्वीकार किया है कि उस कालखंड में पश्चिमी राजस्थान एवं गुजरात की भाषा एक ही थी। इस मरुगुर्जरी की श्रेष्ठतम प्रतिनिधि थीं भक्ति शिरोमणि मीराबाई, जिनको राजस्थानी और गुजराती ने समान रूप से अपनी भाषा की कवयित्री माना है।

राजस्थान का प्राचीन साहित्य, डिंगल तथा पिंगल, दोनों भाषाओं में प्राप्त होता है। पिंगल एवं डिंगल अलग और भिन्न भाषाएँ रहीं, इसमें अब शायद कोई संदेह की गुंजाइश नहीं रह गई है, यद्यपि यह एक विवाद का प्रश्न रहा है कि डिंगल पहले हुई या पिंगल। डॉ. तेस्मितोरी ने पिंगल को डिंगल से प्रभावित ब्रजभाषा कहा है। सर जॉर्ज ग्रियर्सन भी इसी मत की पुष्टि करते हैं, किंतु डॉ. चाटुर्ज्या पिंगल के अनुसरण में डिंगल की उत्पत्ति मानते हैं, जबकि डॉ. हजारी प्रसाद द्विवेदी ने पिंगल को डिंगल की अनुवर्ती भाषा माना है। डिंगल का विकास गुर्जरी अपभ्रंश से हुआ, पिंगल का उद्‌भव शौरसेनी अपभ्रंश से हुआ। डिंगल का काव्य पिंगल से अधिक प्राचीन है। राजस्थानी के प्राचीन नाम मरु भाषा एवं डिंगल प्रयुक्त हुए। सर्वप्रथम मरु भाषा का नाम हमें मारवाड़ राज्य के जालोर अंचल में रचित जैन मुनि उद्योतन सूरि के सुप्रसिद्ध ग्रंथ 'कुवलयमाला' में उल्लिखित मिलता है। कुवलयमाला में राजस्थानी का अंकुर स्पष्ट दिखाई देता है। वहाँ उन्होंने उस समय की अठारह भारतीय भाषाओं का जिक्र किया है और उसमें मरुभाषा का भी उल्लेख किया है। एक बार फिर मैं स्व.

झवेरचंद मेघाणी को उद्धृत करना चाहता हूँ, जो गुजराती भाषा एवं साहित्य के बड़े मर्मज्ञ विद्वान् थे। गुजराती भाषा को लेकर उन्होंने लिखा है—अपनी मातृभाषा का मूल नाम था 'राजस्थानी'। मेड़ता की मीरा इसी में पदों की रचना करती और गाया करती थीं। इन पदों को सौराष्ट्र की सीमाओं तक के मनुष्य गाते तथा अपनाते थे। चारण का दूहा राजस्थान की किसी सीमा में से राजस्थानी भाषा में अवतरित होता तथा कुछ वेश बदलकर काठियावाड़ में भी घर-घराऊ बन जाता था। नरसी मेहता गिरनार की तलहटी में प्रभु पदों की रचना करते और ये पद यात्रियों के कंठों पर सवार होकर जोधपुर, उदयपुर पहुँच जाया करते थे।

जैनाचार्यों और चारणों ने राजस्थानी भाषा तथा साहित्य के निर्माण में विपुल योग दिया। वास्तव में कई सदियों तक राजस्थानी का मुख्य साहित्य जैनाचार्यों द्वारा रचित साहित्य है। उन्होंने संस्कृत को छोड़कर प्राकृत, अपभ्रंश और लोकभाषाओं को ग्रहण किया था और कई उदाहरण भी हैं, जिनमें एक-एक व्यक्ति ने एक-एक लाख श्लोक लिखे।

कालांतर में राजस्थानी भाषा एवं साहित्य में प्रत्येक रस की अभिव्यक्ति हुई। करुणा और शांति रस के अतिरिक्त वीर रस और श्रृंगार रस का भरपूर सृजन हुआ। आपको शायद मालूम हो कि नई शताब्दी की एक लोककथा है, जिसके अनुसार सिंध में उस समय जो चारण लोग थे, उन्हें सिंध छोड़ देना पड़ा। इस लोककथा के अनुसार, एक चारण कुल में सात बहनें थीं और उन पर किसी राजा की कुदृष्टि होने से उन्होंने सिंध को छोड़कर राजस्थान में बसना स्वीकार किया। चारण जाति साहित्य और संस्कृति के क्षेत्र में अद्वितीय स्थान रखती है। उनका कृतित्व राजस्थानी भाषा और साहित्य पर छाया हुआ है। वे वीरगाथा काल के उन्मेषक और उन्नायक थे, राज्य के प्रवक्ता और लोक चेतना के अधिवक्ता थे। खुमाण रासो, ढोला मारुरा दूहा, बीसलदेव रासो, जडवारा सोरठा एवं जैनाचार्यों के अगणित ग्रंथ प्राचीन राजस्थानी के ऐतिहासिक कीर्तिमान हैं। फिर मध्य युग में

राजस्थानी भाषा एवं साहित्य को नया सौष्ठव-सौंदर्य मिला। अप्रतिम शौर्य के उस युग में काव्य को एक नई तेजस्विता, एक नया पौरुष मिला। कर्नल टाड ने कहा था—"राजस्थान में कोई ऐसा छोटे से छोटा राज्य भी नहीं है, जिसमें ग्रीस की प्रख्यात थर्मोपली जैसी रणस्थली नहीं मिलती हो और राजस्थान में कोई ऐसा छोटे से छोटा शहर भी नहीं है, जिसने लियोनिदास जैसा वीर पुरुष उत्पन्न न किया हो।" इसी वक्तव्य पर टीका करते हुए प्रोफेसर नरोत्तमदास स्वामी ने कहा था कि शायद उस समय कर्नल टाड यह लिखना भूल गए कि राजस्थान का साधारण-से-साधारण गाँव भी वीर सैनिक कवियों से खाली नहीं रहा है। यह परंपरा राजस्थान की अनूठी परंपरा है, जिसमें कवियों ने सैनिकों के साथ कंधे से कंधा मिलाकर युद्ध किया, साहित्य का सृजन किया, इतिहास बनाया और इतिहास लिखा। राजस्थानी साहित्य में वीर रस को चरम उत्कर्ष मिला, इसमें कोई संदेह नहीं। वीर पुरुष, रणोन्मत्त योद्धा, प्राणोत्सर्ग के लिए लालायित सेनानी, वीर माता, वीर पत्नी, वीर भगिनी की जो छवि राजस्थानी साहित्य प्रस्तुत करता है, वह विश्व साहित्य में अन्यत्र दुर्लभ है, किंतु राजस्थानी के जैन साहित्य और संत साहित्य में दर्शन, विवेचन, ज्ञान, भक्ति, वात्सल्य, त्याग, तपस्या, करुणा और समर्पण की भी उतनी ही श्रेष्ठ अभिव्यक्ति मिलती है। प्रेम और श्रृंगार में राजस्थानी साहित्य, काव्य नैपुण्य, भाषा सौष्ठव, रसानुभूति एवं मार्मिकता के सुंदरतम उदाहरण प्रस्तुत करता है। गद्य साहित्य में राजस्थानी भाषा और साहित्य की परंपरा तमिल, संस्कृत और प्राकृत को छोड़कर, सब भारतीय भाषाओं से बढ़कर रही है। श्रेष्ठता और गुणात्मकता की इन उपलब्धियों के बावजूद भी राजस्थानी भाषा क्यों, कहाँ और कैसे अवरुद्ध हुई, यह अनुसंधान का एक रोचक विषय है। दूसरी भाषाएँ बढ़ चलीं, राजस्थानी भाषा रुकी रही।

उन्नीसवीं-बीसवीं शताब्दी में राजस्थानी भाषा ने न यांत्रिक विकास को अपनाया, न प्रकाशन और मुद्रण के नए तरीकों को। दूसरे क्षेत्रों में

प्रादेशिक भाषाओं ने अपनी लिपि को सुधारा, उसे मुद्रणालय में स्थान दिया और प्रकाशन का संवाहन दिया। उन्होंने अपनी भाषाओं को विद्यालयों से निष्कासित नहीं किया। उन भाषाओं को निरंतर प्रयोग से मानक एकरूपता मिली, आत्मविश्वास मिला। राजस्थानी का दुर्भाग्य कि राजस्थान के राज्य बँटे हुए थे, विद्या का विकास नहीं हुआ; संचार, प्रकाशन और अभिव्यक्ति का सर्वतोमुखी गतिरोध था। जब राजस्थान बना तो राजस्थानी भाषा की ओर से कोई माँग और आंदोलन ही नहीं उठा। किसी ने कहा तक नहीं कि राजस्थानी भाषा को भी हमें कानूनी और संवैधानिक मान्यता देनी चाहिए। राजनीतिक स्वतंत्रता के लिए, सांस्कृतिक स्वायत्तता के लिए राजस्थान में बौद्धिक, मानसिक और सांस्कृतिक तैयारी बहुत आधी-अधूरी थी, यह मेरी मान्यता है। संविधान सभा में संविधान बनाते समय राजस्थानी को आठवीं सूची में रखने का सुझाव या प्रस्ताव तक किसी ने नहीं रखा। मैंने यह विडंबनापूर्ण प्रश्न अपने श्रद्धेय पितृतुल्य श्री जयनारायणजी व्यास और राजस्थान के प्रथम मुख्यमंत्री श्री हीरालाल शास्त्री के सामने रखा था और उनसे बहुत दुःखित शब्दों में पूछा था कि यह क्यों हुआ और कैसे हुआ? उनको उपालंभ भी दिया था, बहुत विनम्र शब्दों में, किंतु मेरे प्रश्न का, मेरी शंका का समाधान नहीं हो सका। जिस निष्कर्ष पर मैं पहुँचा, उसमें सीधी-सपाट बात यह है कि हमारे तत्कालीन राजस्थानी नेता परिस्थितियों से इतने घिरे हुए थे, घटनाओं की द्रुत गति से आक्रांत थे या देश के तत्कालीन मूर्धन्य नेताओं के सामने यह माँग रखने का साहस और संयोग नहीं जुटा पाए थे। संभावना का वह ऐतिहासिक मुहूर्त चला गया, टल गया।

संविधान की आठवीं अनुसूची में जब १४ भाषाओं का उल्लेख किया गया, तब उसका कोई वैज्ञानिक आधार नहीं था। उसका आधार मुख्यतः राजनीतिक था। उसका आधार था—जो माँग की गई, उसे देख-समझकर स्वीकार कर लिया गया। प्रश्न इस भाषा की क्षमता या साहित्य

की समृद्धि का भी नहीं था। वास्तव में उस आधार पर यदि विचार किया जाता तो उस समय राजस्थानी अवश्य ही संविधान में सम्मिलित होने की अधिकारिणी थी। संख्या में राजस्थानी-भाषी लोग दूसरी प्रादेशिक भाषाओं से कहीं अधिक थे, किंतु राजस्थानी की माँग को मुखर करनेवाला कोई समर्थ स्वर हमें नहीं मिला। राजा बद्दाराजा हतप्रभ थे। वे अपनी समस्याओं में आकंठ उलझे हुए थे। उनके सलाहकार और दरबारी या तो अपनी स्वार्थसिद्धि में संलग्न थे या अपने नाक से परे देखने में अक्षम। सार्वजनिक नेता और प्रतिनिधि भी मौन थे। भाषा, साहित्य और संस्कृति उस समय गौण थे। सत्ता के नए सम्मोहन में भाषा की बात अनकही रह गई। सेठ और साहूकार भी निश्चेष्ट थे, जनता बेपरवाह थी या बेपनाह थी। उस समय संविधान की जो आठवीं अनुसूची बन गई, तो हमें पूछना पड़ेगा कि क्या वह विधि का ऐसा अमिट विधान है, जिसे परिवर्तित नहीं किया जा सकता? एक प्रयत्न मैंने किया था। जब मैं लोकसभा का सदस्य था, तो राजस्थानी भाषा को संविधान की आठवीं सूची में जोड़ने का पहली बार एक बहुत विनम्र प्रयास किया। राजस्थानी को मान्यता देने के लिए संविधान में संशोधन करने का एक विधेयक औपचारिक रूप से संसद् के सामने रखा, उसके कारण रखे और उस पर कई बार विचार करने के लिए अपने संसदीय साथियों को मनाया। मैंने समय माँगा और समय मुझे मिला, किंतु राजस्थान से राजकीय समर्थन नहीं मिला। राजस्थान की सरकार इस प्रस्ताव से आशंकित थी। उन्होंने सोचा कि इसके आधार पर राजनीति का एक नया वात्याचक्र खड़ा हो सकता है। शायद संस्कृति, साहित्य और भाषा युग-युग से राजनीति का शिकार होते आए हैं। एक बार फिर यही हुआ, किंतु मैं यह नहीं मानता कि इसे अंतिम प्रयत्न समझा जाना चाहिए। जब संसद् में बहस हुई, कई बार बहस हुई तो मैंने हर बार उस प्रस्ताव को गिरने से बचाया और फिर से उसको प्रस्तुत किया। कुछ वर्षों बाद जब मैं लोकसभा का सदस्य नहीं रहा तो डॉ. करणी सिंह ने भी फिर से उसी विधेयक को रखा, किंतु इस

प्रस्ताव को पार लगाने के लिए हम सबको तैयारी करनी पड़ेगी, मन की, संकल्प की तैयारी करनी पड़ेगी। संविधान में राजस्थानी को जोड़ने के लिए रक्त की नहीं, श्रम और स्वेद की बहुत बड़ी मात्रा बहानी पड़ेगी। व्यय करना पड़ेगा, प्रयत्न करना पड़ेगा, अध्यवसाय और निष्ठा दिखानी होगी। मैं अपने आप से प्राय: यही पूछता रहा हूँ कि क्या हम उसके लिए तैयार हैं कि फिर से उस प्रश्न को उठाया जाए, उस संकल्प को दोहराया जाए। यह पूछा जा सकता है कि आज हम राजस्थानी भाषा कों संविधान की भाषा बनाकर क्या पा जाएँगे? शायद सिर्फ इतना हो कि हम हैं, हमारी भाषा है, इसकी प्रतीति और अनुभूति, किंतु इसके लिए हमें इस नए वैज्ञानिक युग में भाषा में नए सिरे से एक मानक स्वरूप लाना होगा। उस मानक एकरूपता के बिना भाषा को संवैधानिक मान्यता देने में कोई खास मतलब नहीं होगा। हमने बहुत लड़कर राजस्थानी भाषा के लिए सांस्कृतिक मान्यता प्राप्त की साहित्य अकादमी से। हम लोग ऋणी है बंगाल के उन विद्वानों के, जिन्होंने इस कार्य में हमको अथक और निरंतर सहयोग दिया। सांस्कृतिक-साहित्यिक मान्यता अपने आप में एक उपलब्धि है, ऐसा मेरा मानना है। क्योंकि राज्य, भाषाएँ नहीं बना सकते, भाषाएँ बनाते हैं लोग। जनता के वे लोग, जो उस भाषा का प्रयोग करते हैं। भाषा को बनाते हैं साहित्यकार, जो सृजनशील हैं और जो उसमें प्राण फूँकते हैं, वे भाषा को बनाते हैं। भाषा को बनाता है हमारा जन-जीवन। जन-जीवन में आज भी राजस्थानी भाषा, साहित्य और संस्कृति सुरक्षित है, प्रतिष्ठित है, किंतु कितने दिन तक? विद्यालयों में पढ़ाना उसे आसान नहीं है। आज यह मैं कह भी नहीं सकता कि राजस्थानी भाषा को शिक्षा का माध्यम बनाया जाए, क्योंकि इन पिछले ३०/३५ वर्षों की उपेक्षा को हम कैसे पूरा कर पाएँगे? राजकाज में, अदालतों में आज यह कहना संभव नहीं है कि आप राजस्थानी भाषा का एकांगी प्रयोग प्रारंभ कर दीजिए। यह अव्यावहारिक बात होगी। राजस्थानी भाषा को जो सांस्कृतिक मान्यता मिली है, उसका हम क्या उपयोग कर रहे हैं? बहुत कम। मुख्यमंत्री

श्री शिवचरणजी माथुर ने कहा, शिक्षामंत्री श्री चंदनमलजी वैद ने कहा है कि राजस्थानी भाषा की नई अकादमी बनेगी। तीन से अधिक दशक यह निर्णय लेने में लग गए। फिर भी बहुत अच्छा मंतव्य है, यह निर्णय बहुत स्वागत योग्य है। उन्हें साधुवाद, किंतु राजकीय अकादमियों से साहित्य की रथ-यात्रा या शोभा-यात्रा नहीं बनेगी। उस शोभा-यात्रा को बनाने के लिए, उसका मार्ग प्रशस्त करने के लिए हम सबको एकजुट होकर प्रयत्न करना पड़ेगा। संविधान में, आठवीं अनुसूची में राजस्थानी को जोड़ना उस संकल्प और प्रयत्न का एक आयाम है, एक पक्ष है। मैं उसको बहुत महत्त्वपूर्ण पक्ष मानता हूँ, किंतु उनका जो बहुत ज्यादा आधारभूत पक्ष है, वह है सांस्कृतिक, साहित्यिक एवं लोक-प्रयोग का, मानक एकरूपता का, मुद्रण और प्रकाशन का, पढ़ने-लिखने और बोलने की आदत का।

आज हम लोग स्वयं आपस में राजस्थानी भाषा का उपयोग इतना नहीं कर पाते और उसका कारण जैसा मैंने कहा, मैं यह मानता हूँ कि हमने शुरू से राजस्थानी के पढ़ने-लिखने के लिए संचार और प्रकाशन के नए यांत्रिक साधनों का उपयोग नहीं किया। किसी ने कहा है कि बाबर और साँगा की लड़ाई में अगर महाराणा साँगा हार गए, तो इसलिए नहीं कि उनमें शौर्य कम था, बल्कि इसलिए कि उनके पास तोपें नहीं थीं। राजस्थानी भाषा अगर पीछे रह गई तो एक मुख्य कारण यह था कि उसके पास मुद्रणालय नहीं था, उसके पास प्रकाशन के माध्यम नहीं थे, पत्र और पत्रिकाएँ नहीं थीं, पढ़ने-लिखने के लिए भाषा के प्रयोग की आदत नहीं थी, चलन नहीं था। न तो हमने नागरी लिपि को पूरी तरह से स्वीकार किया और न मानक नागरी लिपि में राजस्थानी को पढ़ना-लिखना शुरू किया। हम बँटे रहे। १९४३ से लेकर १९५० तक की राजनीति हमको इस प्रकार पीछे ढकेल ले गई और अब इन तीस वर्षों में हम इतने पिछड़ गए कि आज राजस्थानी भाषा के लिए बहुत बड़े घनीभूत और सुविस्तृत प्रयत्न की जरूरत है।

संविधान की आठवीं अनुसूची में मान्यता मिलने का क्या आधार है या हो सकता है, इसकी चर्चा मैं अब बहुत संक्षेप में आपसे करना चाहूँगा। जब १४ भाषाएँ हमारे संविधान ने स्वीकार कीं तो कोई पूर्व निश्चित, सुनिर्धारित मापदंड नहीं थे। इस अनुसूची में संस्कृत भाषा भी थी, जो साधारणतया बोली नहीं जाती, पर उसे इसलिए जोड़ा गया कि उसके प्रति हममें समादर और श्रद्धा की भावना है। संस्कृत भाषा सब भारतीय भाषाओं की या अधिकांश भारतीय भाषाओं की जननी है। उस समय आठवीं अनुसूची में सम्मिलित की गई भाषाओं में असमिया, कश्मीरी और पंजाबी भी थीं, जो दूसरी प्रादेशिक भाषाओं से उस समय कुछ कम विकसित थीं। उनकी मान्यता भौगोलिक आधार था। असम, उड़ीसा और कश्मीर राज्यों के रूप में चले आ रहे थे, जबकि राजस्थान अभी बन रहा था या बना ही था। उर्दू किसी राज्य की भाषा नहीं थी, फिर भी उसका दावा मजबूत था। राजस्थानी को कोई समर्थ दावेदार, कोई प्रवक्ता नहीं मिला। अभी कुछ वर्षों पहले आठवीं अनुसूची में एक पंद्रहवीं भाषा भी जोड़ी गई और वह है सिंधी, जो कि किसी प्रदेश, प्रांतर या जनपद की भाषा भी नहीं है, किंतु इसलिए कि हम उस भाषा के प्रति एक सम्मान, संरक्षण और आत्मीयता का भाव प्रदर्शित करना चाहते हैं। ठीक है, उसका भी स्वागत है, किंतु राजस्थानी भाषा को फिर किस आधार पर निषेधाज्ञा है, इस आठवीं अनुसूची में प्रवेश करने के लिए? राजस्थान में कुछ अरसे पहले पंजाबी भाषी लोगों ने कहा था कि पंजाबी भाषा को राजस्थान में राजकीय मान्यता मिलनी चाहिए। ठीक ही है, अगर लोग पंजाबी भाषा का प्रयोग करते हैं, तो उसको एक हद एक मान्यता मिलनी ही चाहिए, क्योंकि वह उनकी मातृभाषा है, किंतु इसे विडंबना कहूँ या विद्रूपता कि राजस्थानी को वह मान्यता भी नहीं मिल सकी। राजस्थानी के लिए यह नहीं कहा जा सकता कि वह राजस्थान में अल्पसंख्यकों की भाषा है, जिसकी वजह से उसको कुछ सुरक्षा मिले या उसको कुछ प्रोत्साहन मिले। राजस्थानी के लिए यह भी नहीं कहा जा सकता कि वह किसी धर्म या वर्ग की भाषा है, क्योंकि

यह राजस्थान के अधिकांश लोगों की भाषा है। संविधान में जितने प्रावधान हमारे यहाँ हैं, उन सब में यह साफ दृष्टिगोचर नहीं होता कि संविधान के संशोधन के अतिरिक्त किस तरह से हम राजस्थानी भाषा को पूरी तरह से मान्यता दे सकते हैं।

मैं आपसे कुछ सांविधानिक अनुच्छेदों की चर्चा करूँगा और तब अपनी बात समाप्त करूँगा। संविधान के भाग १७ का दूसरा अध्याय प्रादेशिक भाषाओं से संबंध रखता है। कानून की जटिल और उलझी हुई शब्दावली में मेरी आसक्ति नहीं है। फिर भी बात कानून और संविधान की है, इसलिए संविधान के प्रावधानों का यथावत् उद्धृत करने की अनुमति चाहता हूँ। इस दूसरे अध्याय में दो अनुच्छेद हैं, ३४५ एवं ३४७, जो इस प्रकार हैं—

३४५—अनुच्छेद ३४६ और ३४७ के उपबंधों के अधीन रहते हुए, राज्य का विधानमंडल विधि द्वारा, उस राज्य के राजकीय प्रयोजनों में से सब या किसी के लिए प्रयोग के अर्थ उस राज्य में प्रयुक्त होनेवाली भाषाओं में से किसी एक या अधिक को या हिंदी को अंगीकार कर सकेगा।

परंतु जब तक राज्य का विधानमंडल विधि द्वारा इससे अन्यथा उपबंध न करे, तब तक राज्य के भीतर उन राजकीय प्रयोजनों के लिए अंग्रेजी भाषा प्रयोग की जाती रहेगी, जिनके लिए इस संविधान के प्रारंभ से ठीक पहले यह प्रयोग की जाती थी।

३४७—माँग की जाने पर यदि राष्ट्रपति का समाधान हो जाए कि किसी राज्य के जन समुदाय का पर्याप्त अनुपात चाहता है कि उनके द्वारा बोली जानेवाली किसी भाषा को राज्य द्वारा मान्यता दी जाए, तो वह निदेश दे सकेगा कि ऐसी भाषा को उस राज्य में सर्वत्र अथवा उसके किसी भाग में ऐसे प्रयोजन के लिए जैसा कि वह उल्लिखित करे, राजकीय मान्यता दी जाए।

यह बहुत महत्त्वपूर्ण प्रावधान है हमारे संविधान में कि अगर राज्य की विधानसभा चाहे तो उस राज्य में प्रयोग में आनेवाली एक या एक से अधिक भाषाओं के लिए यह आदेश दे सकती है कि किसी भी राजकीय काम के लिए या कई राजकीय कामों के लिए उस भाषा का प्रयोग किया जाएगा। इस प्रावधान का प्रयोग राजस्थान में हो सकता है और होना चाहिए। इसी प्रकार, कालांतर में न्यायालयों में राजस्थानी के सीमित प्रयोग के लिए अनुच्छेद ३४८ का प्रयोग किया जा सकता है। अनुच्छेद ३५० के अनुसार, किसी कठिनाई या शिकायत के निवारण के लिए राजस्थानी का प्रयोग किया जा सकता है। अनुच्छेद ३४८ (२) एवं (३) तथा ३५० इस प्रकार हैं—

३४८ (२)—खंड (१) के उपखंड (क) में किसी बात के होते हुए भी, किसी राज्य का राज्यपाल राष्ट्रपति की पूर्व सम्मति से हिंदी भाषा का या उस राज्य में राजकीय प्रयोजन के लिए प्रयोग होनेवाली किसी अन्य भाषा का प्रयोग उस राज्य में मुख्य स्थान रखनेवाले उच्च न्यायालय की कार्यवाहियों के लिए प्राधिकृत कर सकेगा, परंतु इस खंड की कोई बात, जैसे उच्च न्यायालय द्वारा दिए गए निर्णय, आज्ञप्ति अथवा आदेश को, लागू न होगी।

३४८(२)—खंड (१) के उपखंड (ख) में किसी बात के होते हुए भी, जहाँ किसी राज्य के विधानमंडल ने, उस विधानमंडल में पुनः स्थापित विधेयकों या उसके द्वारा पारित अधिनियमों में अथवा उस राज्य के राज्यपाल द्वारा मुख्यपति अध्यादेशों में अथवा उस उपखंड की कंडिका (III) में निर्दिष्ट किसी आदेश, नियम, विनियम या उपविधि में प्रयोग के लिए अंग्रेजी भाषा से अन्य किसी भाषा के प्रयोग को विहित किया है, वहाँ उस राज्य के राजकीय सूचना-पत्र

में उस राज्य के राज्यपाल के प्राधिकार से प्रकाशित अंग्रेजी भाषा में उसका अनुवाद उस खंड के अभिप्रायों के लिए उसका अंग्रेजी भाषा में प्राधिकृत पाठ समझा जाएगा।

अनुच्छेद ३५०—किसी व्यथा के निवारण के लिए संघ या राज्य के किसी पदाधिकारी या प्राधिकारी को, यथास्थिति संघ में या राज्य में प्रयोग होनेवाली किसी भाषा में अभिवेदन देने का प्रत्येक व्यक्ति को हक होगा।

मेरा पहला सुझाव तो यह है कि हम लोग सबसे पहले एकजुट होकर राजस्थानी भाषा को मानक एकरूपता देने के लिए प्रयत्न करें।

मेरा दूसरा निवेदन यह है कि हम राजस्थानी भाषा, साहित्य और संस्कृति, जो एक-दूसरे से अंतरंग, अविभक्त रूप से जुड़े हुए हैं और जिन्हें अलग-अलग करके नहीं देखा जा सकता, उनकी सुरक्षा के लिए, उनके संवर्धन के लिए, उनके भावनात्मक सम्मान के लिए एक बहुत विशाल प्रयत्न का आयोजन करें। छुटपुट चेष्टाएँ नहीं, किंतु एक ऐसा प्रयत्न, जो सदियों की उपेक्षा और खासतौर से पिछले ३३ वर्षों की उपेक्षा की खाई को पाट सके।

मेरा तीसरा निवेदन यह है कि संविधान की आठवीं अनुसूची में राजस्थानी को शामिल किया जाना चाहिए। इसमें कहीं कोई आपत्ति नहीं की जा सकती, किंतु यह तभी होगा जब राजस्थान की तरफ से माँग आएगी, राज्य की सरकार और विधानसभा की ओर से संकल्प होगा और हिंदी राज्यों के प्रतिनिधियों से बातचीत की जाएगी। नहीं तो राजस्थानी का अभिमन्यु फिर एक चक्रव्यूह में समाप्त हो जाएगा।

मेरा चौथा आग्रह यह है कि संविधान के अनुच्छेद ३४५ में जो प्रावधान है, वह प्रावधान राजस्थान की विधानसभा को यह अधिकार देता है कि वह किसी भी सीमा तक राजकीय कार्यों के लिए भी राजस्थानी का उपयोग करे। यह सीमा क्रमिक रूप से बढ़नी चाहिए। इस दिशा में गंभीर

रचनात्मक परीक्षण और प्रयत्न होना चाहिए, किंतु प्रयत्न के साथ संकल्प भी होना चाहिए। लोगों की दृष्टि भी होनी चाहिए। विधानसभा इस बात का संकल्प करे कि धीरे-धीरे हम राजस्थानी भाषा के प्रयोग के लिए कुछ अधिक स्वतंत्रता दें। इसलिए नहीं कि हम यहाँ से हिंदी को हटाना चाहते हैं। हिंदी और राजस्थानी दोनों भाषाओं का अंतरंग साहचर्य रहे यह मुझे अभीष्ट लगता है। यह एक बड़ी गलतफहमी है कि राजस्थानी तो हिंदी की एक बोली मात्र है। यह प्रस्थापना गलत-सलत तरीके से चलती चली आ रही है। भाषा विज्ञान में ऐसा कोई प्रमाण नहीं मिलता, किंतु फिर भी आज उस बात की चर्चा, उस वाद-विवाद को उठाने की आवश्यकता नहीं है। बात सिर्फ इतनी ही है कि राजस्थानी का अधिक-से-अधिक सांस्कृतिक, साहित्यिक और राजकीय तथा बौद्धिक प्रयोग किया जाए, उसके लिए संविधान अनुभूति देता है, हमारे जनतंत्र की मूल मान्यताएँ उसके लिए आदेश देती हैं। राजस्थानी भाषा को आठवीं अनुसूची में रख भी दीजिए और अगर आप ३४५ अनुच्छेद का प्रयोग नहीं करेंगे तो कुछ नहीं हो सकता। आठवीं अनुसूची में राजस्थानी को न भी रखिए और ३४५ अनुच्छेद का अगर आप प्रयोग करना चाहेंगे तो बहुत कुछ हो सकता है। आज दोनों मार्ग मिलकर हमारे उद्देश्य की पूर्ति में बहुत बड़ा योग देंगे।

राजस्थानी को आठवीं अनुसूची में रखना ही चाहिए, यह मेरी मान्यता है। किंतु साथ-साथ मेरा यह भी मानना है कि अनुच्छेद ३४५ के प्रावधान में जो सत्ता राजस्थान की विधानसभा को प्राप्त है, उसका क्रमिक एवं शनैः-शनैः, विवेकपूर्ण और दूरदर्शी प्रयोग होना चाहिए। हमारे संविधान में इस बात की चर्चा बहुत है कि अल्पसंख्यकों की भाषा की रक्षा हो। इस बात की चर्चा भी बहुत है कि अगर एक हिस्से की भाषा है तो उसको भी बचाया जाए। इस बात की भी चर्चा है कि हर नागरिक को अपनी भाषा में शिकायत करने का, याचिका पेश करने का अधिकार है, क्योंकि हमारे संविधान की मूल प्रस्थापना लोकतांत्रिक प्रस्थापना है। उसी लोकतंत्र को

साक्षी देकर हम कह सकते हैं कि राजस्थानी भाषा, उसकी मान्यता, उसकी सुरक्षा, उसका संवर्धन आज राज्य का कर्तव्य है, हम सबका कर्तव्य है, किंतु दूसरों को कर्तव्य का उपदेश देने के पहले अच्छा यही होगा कि हम स्वयं अपने कर्तव्य का पालन करना प्रारंभ करें और नवजागरण के यज्ञ में अपनी समिधा दें।

अभी कुछ दिन पहले एक राष्ट्रीय समारोह था। उसके लिए एक पुस्तक प्रकाशित हो रही थी। मैं उस संस्था का न्यासी हूँ, इसलिए मेरा परिचय उस पुस्तक में छपना था। मुझसे पूछा गया कि मेरी मातृभाषा क्या है, तो मैंने उसमें लिखा 'राजस्थानी'। उसके बाद लिखा हिंदी। राजस्थानी पहले लिखा और हिंदी बाद में लिखा। उन्होंने जो प्रूफ मेरे पास भेजा, उसमें मैंने पाया कि 'राजस्थानी' गायब है और सिर्फ 'हिंदी' लिखा है। मैंने फिर से उसे सही करके भेजा तो उन्होंने मुझे लिखा कि 'राजस्थानी' तो देश के संविधान की आठवीं अनुसूची में भी नहीं है। मैंने कहा कि आठवीं अनुसूची में तो नहीं है, किंतु उससे यह बात नहीं बदलती कि वह मेरी मातृभाषा है। यह मेरे लिए दुर्भाग्य की बात है कि मेरी मातृभाषा आठवीं अनुसूची में नहीं है, किंतु उससे यह कहाँ और कैसे साबित होता है कि मेरी इस मातृभाषा का अस्तित्व ही नहीं है। मैंने तब उनको एक किस्सा सुनाया, जो सोवियत यूनियन के एक वरिष्ठ अधिकारी सुनाया करते थे। एक आदमी अपने अधिकारियों के पास गया और कहा कि मेरे पास मेरे जन्म का जो प्रमाण-पत्र है, वह खो गया है, किंतु मुझे मेरा राशन फिर भी चाहिए। उन्होंने कहा कि अगर तुम्हारे जन्म का प्रमाण-पत्र नहीं है तो हम कैसे विश्वास करें कि तुम हो या वास्तव में जनमे थे। मैं राजस्थानी भाषा की अस्मिता और अस्तित्व के प्रमाण-पत्र की याचिका देश के सामने और आपके सामने रख रहा हूँ।

□

हिंदी की प्रतिष्ठा हेतु रचनात्मक अभियान की आवश्यकता

संविधान बनाते समय दो प्रस्थापनाएँ स्पष्ट और निर्विवाद हो चली थीं, हमारे प्रजातांत्रिक गणतंत्र में शासन का कार्य भारतीय भाषाओं में होगा, भारत संघ की राजभाषा हिंदी होगी तथा अंतरिम रूप से पंद्रह वर्ष की अवधि तक अंग्रेजी का उपयोग किया जाता रहेगा। अब वह अंतरिम अवधि कब समाप्त होगी, यह कहना कठिन है।

संविधान की घोषणा का उपहास

हमारे संविधान का अनुच्छेद ३४३ (१) सीधी-सपाट निश्छल शब्दों में यह घोषणा करता है कि संघ की राजभाषा हिंदी और लिपि देवनागरी होगी। संसद् के कार्य के लिए भी यही प्रावधान था कि १५ वर्ष की अवधि तक हिंदी या अंग्रेजी का प्रयोग होगा और इसके बाद विशुद्ध रूप से हिंदी का, किंतु जटिल प्रश्न तो यह है कि हिंदी कब और किस प्रकार राजभाषा होगी? अनुच्छेद ३४३ (२) और १२०(२) में संघ के शासन और संसद् के लिए अंग्रेजी के प्रयोग की केवल पंद्रह वर्ष तक के लिए अनुमति दी गई थी। तथापि अनुच्छेद ३४३ (३) के अंतर्गत संसद् को अधिकृत किया गया

कि उक्त पंद्रह साल की कालावधि के पश्चात् भी विधि द्वारा अंग्रेजी भाषा का प्रयोग उल्लिखित प्रयोजनों के लिए उपबंधित करें। अपवाद का यह प्रावधान ही अब नियम बन गया है। वास्तविकता यह है कि आज भी हमारी राजभाषा अंग्रेजी ही है। यह ठोस यथार्थ संविधान की इस स्पष्ट घोषणा का उपहास करता है कि संघ को राजभाषा हिंदी और लिपि देवनागरी होगी।

संघ की राजभाषा के लिए अंग्रेजी का विकल्प हिंदी ही बन सकती है, इसमें शायद कोई संशय नहीं है, किंतु संशय इसमें है कि कोई भारतीय भाषा कभी हमारे संघ की राजभाषा बनेगी? हमारी प्रादेशिक माँगों की खींचतान में संविधान सम्मत राजभाषा हिंदी का चीर खींचा जा रहा है। कहा जाता है कि चीन में हमारे संसदीय शिष्टमंडल को बराबर अंग्रेजी का प्रयोग करते हुए देखकर किसी ने पूछा, "क्या भारत की अपनी कोई भाषा है या नहीं?" अंग्रेजी को हमारे कुछ प्रादेशिक राजनीतिज्ञों ने राजभाषा के रूप में इसलिए स्वीकार किया है कि वह किसी भी प्रदेश की भाषा नहीं है और उसमें सबको बराबर सुगमता या कठिनाई है। इस तर्क के मानसिक आधार की विकृति और विडंबना का विश्लेषण अनावश्यक है, किंतु उसको हम अस्वीकार भी नहीं कर सकते और न ही इससे पलायन कर सकते हैं। हमारी राष्ट्रीयता की भावना जिस दिन फिर से प्राण-प्रतिष्ठा पाएगी और जिस दिन हमारी राष्ट्रीयता के हृदय सिंहासन पर संतुलन और विवेक अधिष्ठित होंगे, उस दिन राजभाषा के रूप में हिंदी का मार्ग सहज ही अविरुद्ध हो जाएगा।

हिंदी आज भी वैकल्पिक भाषा

विश्व के अधिकांश बहुभाषी देशों में राजभाषा और संपर्क भाषा के प्रश्न पर वही समाधान स्वीकार किया गया है, जो हमारे संविधान में है। अधिकांश लोगों द्वारा बोली या समझी जानेवाली भाषा को देश की राजभाषा के रूप में, सामान्यतः बहुभाषी देशों में, प्रतिष्ठित किया गया है। सोवियत

संघ एक अनुकरणीय उदाहरण है। द्विभाषी या त्रिभाषी देशों की स्थिति में अंतर है। वहाँ दो या तीन भाषाओं को संघ की राजभाषा की मान्यता दी जा सकती है, किंतु हमारे देश में यह संभव नहीं। एक संपर्क भाषा और राजभाषा होना अनिवार्य लगता है। हिंदी को राजभाषा के रूप में काम में न लेने का कोई समुचित कारण समझ में नहीं आता। अंग्रेजों के शासनकाल से अंग्रेजी चली आ रही है, इसलिए हम भी उसे चलाते चले जाएँ, यह हमारी राष्ट्रीय परिपक्वता का परिचायक नहीं कहा जा सकता। (१९६३ में पारित एवं १९६७ में संशोधित) राजभाषा अधिनियम एक प्रकार से हिंदी को राजभाषा बनाने के संवैधानिक आदेश को अनिश्चित अवधि के लिए निलंबित करता है। कहने को तो यह अधिनियम अंग्रेजी को केवल 'अतिरिक्त राजभाषा' की ही संज्ञा देता है, परंतु वास्तविकता यह है कि हिंदी का दर्जा केवल अतिरिक्त और वैकल्पिक भाषा का ही बन पाया है। जब १९६३ में श्री लाल बहादुर शास्त्री ने राजभाषा विधेयक को सरकार की ओर से संसद् में रखा था, तब मैंने यह कहा था कि यह विधेयक अधिनियम बन जाने पर अंग्रेजी को राजभाषा के रूप में सदा के लिए स्थापित कर देगा और इस प्रकार यह अधिनियम हिंदी को संघ की राजभाषा बनाने की संवैधानिक प्रतिज्ञा का प्राणलेवा बन जाएगा और आज इसी आशंका को घटित होते हुए देख रहा हूँ। इस अधिनियम की पृष्ठभूमि में जो राजनीति है, वही हिंदी की समकालीन त्रासदी है।

संविधान में अनुच्छेद ३४८ (१) के अनुसार उच्चतम न्यायालय में तथा प्रत्येक उच्च न्यायालय में सब कार्यवाहियों एवं सारी विधि व निर्णयों के प्राधिकृत पाठ अंग्रेजी में होंगे, जब तक संसद् अन्यथा उपबंध न करे या किसी राज्य में अन्यथा व्यवस्था न की जाए। कई राज्यों में आज हिंदी का प्रयोग बहुत व्यापक है, किंतु हिंदी राज्यों में भी कानून का प्राधिकृत स्वरूप अंग्रेजी में ही है। हिंदीभाषी राज्यों में हिंदी के प्रयोग का विस्तार और उसकी गुणात्मकता बहुत संवर्धित हुई है, किंतु संघ के स्तर पर अभी हिंदी

की राजकीय प्रगति संतोषजनक नहीं कही जा सकती। उच्चतम न्यायालय और उच्च-न्यायालयों के निर्णय हिंदी में अनूदित और प्रकाशित हो रहे हैं। केंद्रीय विधि हिंदी में उपलब्ध होने लगी है, किंतु प्रयोग के मामले में हिंदी अभी राजभाषा के सिंहासन से बहुत-बहुत दूर है। हिंदी में क्षमता और शब्दावली का अभाव नहीं है, किंतु धीरे-धीरे हमारे संवैधानिक संकल्प का क्षय हो रहा है। मुझे यही लगता कि मेरी या मेरी उत्तरवर्ती पीढ़ी के सामने उच्चतम न्यायालय की कार्यवाही हिंदी में होगी या निर्णय हिंदी में दिए जाएँगे। हमारे मूल संविधान ने केवल यह आदेश नहीं दिया कि पंद्रह वर्ष के बाद संघ की राजभाषा हिंदी और लिपि देवनागरी होगी, बल्कि इस आदेश के क्रियान्वयन के लिए भी व्यवस्था की। अनुच्छेद ३७७ में यह व्यवस्था की गई है कि संविधान के प्रारंभ से पाँच वर्ष की समाप्ति पर, तत्पश्चात् दस वर्ष की समाप्ति पर एक आयोग और संसद् समिति गठित होगी, जो हिंदी भाषा के उत्तरोत्तर अधिक प्रयोग के लिए, अंग्रेजी भाषा के प्रयोग पर रोक लगाने के लिए एवं राष्ट्रीय संचार संपर्क में राजभाषा के अधिकाधिक प्रयोग के लिए सिफारिश करेगी। अनुच्छेद ३५१ में यह स्पष्ट, चिरस्मरणीय और मार्मिक आदेश भी दिया गया—

"हिंदी भाषा की प्रसार वृद्धि करना, उसका विकास करना, ताकि वह भारत की सामाजिक संस्कृति के सभी तत्त्वों की अभिव्यक्ति का माध्यम हो सके तथा उसकी आत्मीयता में हस्तक्षेप किए बिना हिंदुस्तानी और अष्टम अनुसूची में उल्लिखित अन्य भारतीय भाषाओं के रूप, शैली और पदावली को आत्मसात् करते हुए तथा जहाँ आवश्यक या वांछनीय हो, वहाँ उसके शब्द-भंडार के लिए मुख्यत: संस्कृत से तथा गौणत अन्य भाषाओं से शब्द ग्रहण करते हुए उसकी समृद्धि सुनिश्चित करना संघ का कर्तव्य होगा।

रचनात्मक अभियान की आवश्यकता

सन् १९५२ में राष्ट्रपति ने आदेश दिया कि महत्त्वपूर्ण नियुक्ति

अधिपत्रों के लिए अंग्रेजी भाषा के अतिरिक्त हिंदी का प्रयोग प्राधिकृत हो। १९४४ में 'संविधान आदेश' (सरकारी प्रयोजनों के लिए हिंदी भाषा) जारी किया गया, जिसमें अंग्रेजी के अतिरिक्त हिंदी के प्रयोग को प्राधिकृत किया गया। जैसे—जनता के साथ पत्र-व्यवहार के लिए प्रशासनिक रिपोर्ट और संसद् में प्रस्तुत की जानेवाली रिपोर्ट के लिए सरकारी संकल्प और विधायी अधिनियमितियों के लिए, हिंदी राजभाषी राज्यों के साथ संघ के पत्र-व्यवहार के लिए, अंतरराष्ट्रीय संगठनों के साथ पत्र-व्यवहार के लिए, राजनयिक तथा कांसुली अधिकारियों इत्यादि को जारी किए जानेवाले कागजातों के लिए यह औपचारिकता का अध्याय जहाँ स्वागतयोग्य था, वहीं अपर्याप्त भी। १९६० में राष्ट्रपति ने एक और महत्त्वपूर्ण आदेश जारी किया, जिसमें यह निर्देश दिया गया कि (१) वैज्ञानिक तथा तकनीकी शब्दावली निर्माण के लिए एक स्थायी आयोग गठित किया जाए, (२) संवैधानिक नियमों, विनियमों और आदेशों के अतिरिक्त सभी मैनुअलों (कार्यविधियों) का अनुवाद किया जाए, (३) मानक विधि शब्दकोश के निर्माण के लिए और हिंदी में विधि के पुन: अधिनियमन के लिए विशेषज्ञों का एक स्थायी आयोग स्थापित किया जाए, (४) हिंदी का सेवाकालीन प्रशिक्षण अनिवार्य किया जाए और हिंदी टंकण तथा आशुलेखन के प्रशिक्षण के लिए प्रबंध किया जाए। राजभाषा अधिनियम-१९६३ में इस प्रकार की कई व्यवस्थाएँ आदिष्ट हैं। भाषा-नीति पर भारत सरकार के १९६८ के संकल्प में और १९७६ में बनाए गए नियमों की अधिसूचना में भी हिंदी प्रयोग के लिए कई आदेश और आश्वासन समाविष्ट हैं। पत्राचार में इन आदेशों और आश्वासनों के माध्यम से आवेदन अभिवेदन में कार्यालय की टिप्पणियों में कार्य-साधक हिंदी ज्ञान के लिए प्रशिक्षण और विधि तथा कार्याविधि के साहित्य के अनुवाद में प्रगति के रास्ते रेखांकित हुए हैं, किंतु यह कार्यक्रम हिंदी को पाँच-सात दशक तक भी संघ की राजभाषा बनाने में समर्थ नहीं होगा। ये सब कदम और कार्यक्रम आवश्यक हैं, किंतु हिंदी

को राजभाषा बनाने के लिए एक सुदृढ़ राष्ट्रीय संकल्प तथा सहमति के अभाव में ये कदम और कार्यक्रम केवल सांत्वना के शब्द ही बने रहेंगे। इस संकल्प और सहमति के लिए हमें सरकार का मुखापेक्षी न होकर लोक चेतना का रचनात्मक अभियान चलाना चाहिए। सरकार हिंदी के लिए बहुत कुछ कर रही है, किंतु सरकार को अपनी गतिविधि सक्षम और द्रुत बनानी चाहिए। हिंदी दया की भिक्षा नहीं खाती, अपना संवैधानिक स्थान माँगती है।

□

राजनीतिज्ञों की कविता अनधिकार चेष्टा नहीं है

आमतौर पर पेशेवर कवि और साहित्यकार पेशेवर राजनेताओं के साहित्य-सृजन को अनधिकार चेष्टा मानते हैं। वैसे भी जिस तरह से राजनेताओं की एक बिरादरी है, वैसे ही कवियों की भी एक बिरादरी है। पेशेवर कवि राजनेताओं की सृजनात्मक गतिविधियों को अपनी बिरादरी में अनधिकार प्रवेश मानते हैं। उनकी यह मान्यता इस बात का सबूत है कि हम भारतीय लोग 'जाति-व्यवस्था' में कितना अटूट विश्वास करते हैं कि एक पेशेवर कवि किसी राजनीतिज्ञ कवि को अपनी पंगत में बिठाने को तैयार नहीं है। मुझे लगता है कि यह स्थिति साहित्य और कविता दोनों के लिए ठीक नहीं है।

हालाँकि कुछ मामलों में ये सीमाएँ और बंधन टूटे हैं, जैसा कि पिछले दिनों संसद् के सभागार में देखने को मिला। संसदीय परिसर में एक अभूतपूर्व उत्सव हुआ। उत्सव था कविता का व कविता के अहसास का और उत्सवमूर्ति थे भारत के पूर्व प्रधानमंत्री विश्वनाथ प्रताप सिंह। इस उत्सव के लिए लोगों को भारत के चार पूर्व प्रधानमंत्रियों ने निमंत्रित किया था। मंच पर राष्ट्रपति और उपराष्ट्रपति दोनों विराजमान थे और श्रोताओं में

सांसद व अनेक कविगण थे। आमतौर पर संसद् परिसर में इस तरह के कार्यक्रम आयोजित नहीं किए जाते हैं, वहाँ आपसी तकरार, मुठभेड़ व झड़प ही सुनाई देती हैं, किंतु उस दिन वक्ता और श्रोता दोनों साझीदार थे, राजनीति की धरती और कविता के आकाश जहाँ मिलते हैं, उस क्षितिज पर। उस समय मुझे लगा कि कविता और राजनीति के बीच एक सेतु सा बन रहा है। लेकिन यह सेतु कितना टिकाऊ है, कहा नहीं जा सकता।

वैसे भारत में प्राचीन काल से कवियों को राज्याश्रय की ललक रही है। महाकवि कालीदास से लेकर अब तक कविगण राज्याश्रय की छत्रच्छाया ढूँढ़ने और पाने में गतिशील रहे हैं। जब हमारा देश पराधीन था, तब हमारे अगणित कवियों ने साम्राज्यवादी और उपनिवेशवादी सत्ता का विरोध भी किया, किंतु अब जबकि देश आजाद है, तब साहित्यकार को भी राज्य की मान्यता, राज्य का समर्थन और राज्य का आश्रय प्रीतिकर लगता है, किंतु इसके साथ ही यह परंपरा भी उतनी ही पुरानी है कि राजा और सत्तासीन व्यक्ति स्वयं साहित्य-सृजन करते थे, साहित्य को संरक्षण देते थे और साहित्य के रसिक होते थे। मैं इस प्रस्थापना को मानने के लिए तैयार नहीं हूँ कि साहित्य और राजनीति का संबंध छत्तीस के आँकड़े की तरह परस्पर विरोधी होता है या उसे वैसा होना चाहिए। हिंदी साहित्य के आदिकवि चंदबरदाई सम्राट् पृथ्वीराज चौहान के मित्र थे। मुगल वंश के आखिरी शासक बहादुरशाह जफर का तख्त और ताज तो छिन गया, लेकिन उनकी शायरी आज भी जिंदा है। राजस्थान के चारण कवि युद्ध के मैदान में सेना को प्रोत्साहित करने जाते थे और स्वयं लड़ते भी थे। पश्चिम के देशों में भी किसी सुविख्यात कवि को राजकवि के रूप में प्रस्थापित करने की परंपरा सदियों से है।

लेकिन अब यह परंपरा आम हो गई है कि पेशेवर कवि और साहित्यकार राजनेताओं के भीतर जो रचनाकार है और राजनेताओं की जो सृजनात्मक अभिव्यक्ति है, उसे उपेक्षित और अनदेखा करने लगे हैं।

हालाँकि वी.पी. सिंह की कविता का जो उत्सव हुआ, वह इस धारणा का प्रतिवाद और प्रतिकार था, लेकिन इसे अपवाद माना जा सकता है। वी.पी. सिंह अच्छे कवि हैं और बचपन से कविताएँ लिखते हैं। वे चित्रकार भी हैं और फोटोग्राफी में भी उन्होंने काफी अच्छा काम किया है। उनकी कविता में उनके मिजाज और उनकी संवेदना की झलक मिलती है। लेकिन सवाल उठता है कि अगर कोई राजनेता इतना संवेदनशील या इतना अच्छा कवि न हो तो क्या उसे कविता लिखने का अधिकार नहीं होगा?

मुझे लगता है कि यह सवाल ज्यादा महत्त्वपूर्ण है कि किसी राजनीतिज्ञ को सृजनात्मक अभिव्यक्ति का अधिकार है या नहीं? मेरा मानना है कि उन्हें यह अधिकार है और इसे निरस्त करने का अधिकार किसी पेशेवर कवि या साहित्यकार को नहीं है। कवि और साहित्यकार असल माने में वह है जो अपने अनुभव को कलात्मक अभिव्यक्ति देने में समर्थ हो। पेशेवर कवियों की भी कई कविताएँ कलात्मक रूप से इतनी सधी हुई नहीं होती हैं। हो सकता है कि राजनीतिज्ञ कवियों की रचनाएँ भी बहुत सधी हुई नहीं हों, लेकिन उसमें उसके अनुभव की झलक होती है। राजनेताओं का अनुभव-संसार काफी विस्तृत होता है। इसलिए यह नहीं हो सकता कि पेशेवर कवि अपनी सारी रचनाओं को साहित्य कहने का जन्मजात अधिकार पा जाएँ और राजनीतिज्ञ कवि इससे वंचित रह जाएँ। साहित्य-सृजन का एक भाव है, एक संवेदन है, एक दृष्टि को रूप, आकार और शब्द देने का उपक्रम है। इसलिए साहित्य के गणतंत्र में किसी पेशेवर साहित्यकार या कवि को किसी बाहरी आदमी को प्रवेश पत्र देने का निरंकुश अधिकार नहीं दिया जा सकता है।

किसी राजनेता की कृति को सिर्फ इस आधार पर साहित्य की मान्यता देने से इनकार नहीं किया जा सकता कि वह एक पेशेवर साहित्यकार की कृति नहीं है। जिसमें उत्कृष्ट सृजन की अभ्यर्थना होगी और स्वाभाविक संप्रेषण होगा, उसे उच्च कोटि के साहित्य का दर्जा दिया जाना चाहिए,

चाहे उसकी रचना किसी ने भी की हो। कई संदर्भों में मैंने पाया है कि राजनीति के अनुभव काफी व्यापक होते हैं। राजनीति के राजमार्ग और इसके गलियारों से गुजरकर जो अनुभूतियाँ, जो बिंब और जो संवेदनशील अभिव्यक्ति जब-तब राजनीतिज्ञ देते हैं, वह वस्तुतः साहित्य की अप्रतिम उपलब्धि हैं। लेकिन वी.पी. सिंह या अटल बिहारी वाजपेयी की कविता की तुलना भारत के किसी श्रेष्ठ महाकवि के काव्य से करने की जरूरत नहीं है। जरूरत इस बात की है कि उनकी कविता के माध्यम से उनके व्यक्तित्व को पहचानें और उनके दुःख-दर्द की आह-कराह को सुनें।

वी.पी. सिंह और अटल बिहारी वाजपेयी दोनों प्रधानमंत्री रह चुके हैं। प्रधानमंत्री के रूप में दोनों के कामों की तुलना बहुत आसान है और यह आकलन भी बहुत आसान है कि ये दोनों कितने सफल या विफल रहे। लेकिन दोनों के काव्य की तुलना आसान नहीं है। दोनों की कविताओं में मनुष्यता की एक सहज झलक और गहरी प्रश्नाकुलता है। उनकी लक्षणा, व्यंजना में जिंदगी के यथार्थ को, राजनीति की विकृतियों और विरोधाभासों को एक मानविक अभिव्यक्ति मिली है। इसलिए यह कहना कि ये देश के महत्त्वपूर्ण राजनेता हैं, इसलिए इनकी कविता को महत्त्व मिलता है, मुझे सही नहीं लगता है। राजनेता के रूप में उनका आकलन अलग होगा, लेकिन कवि के रूप में उनका आकलन इस आधार पर होना चाहिए कि एक राजनीतिज्ञ का संवेदनशील आत्मकथ्य साहित्य के संसार को कोई नई समझ देता है या नहीं।

यह सही है कि अगर वे लोग महत्त्वपूर्ण राजनेता नहीं होते तो शायद इनकी कविता इतने मनोयोग से नहीं सुनी जाती। लेकिन इसमें दोष इनका नहीं है, बल्कि यह कमी हमारे सार्वजनिक मनोयोग की है; कमी इस बात की भी है कि ज्यादातर राजनेता साहित्य में कम रुचि लेते हैं और ज्यादातर साहित्यकारों ने आदत बना ली है कि वे पेशेवर साहित्यकारों के अलावा किसी को सुनना और समझना ही नहीं चाहते।

□□□